# Un époux à convaincre

ANNE McALLISTER

# Un époux à convaincre

*Traduction française de*
LOUISE LAMBERSON

AZUR

HARLEQUIN

*Collection :* Azur

*Titre original :*
THE INCONVENIENT BRIDE

*Ce roman a déjà été publié en 2018*



**HARPERCOLLINS FRANCE**
83-85, boulevard Vincent-Auriol, 75646 PARIS CEDEX 13
Service Lectrices — Tél. : 01 45 82 47 47 - www.harlequin.fr
ISBN 978-2-2804-8922-5 — ISSN 0993-4448

Composé et édité par HarperCollins France.
Imprimé en février 2023 par CPI Black Print (Barcelone)
en utilisant 100% d'électricité renouvelable.
Dépôt légal : mars 2023.

FSC
www.fsc.org
MIXTE
Papier issu de sources responsables
FSC® C159065

Pour limiter l'empreinte environnementale de ses livres, HarperCollins France s'engage à n'utiliser que du papier fabriqué à partir de bois provenant de forêts gérées durablement et de manière responsable.

# 1.

— J'ai votre père en ligne. Il voudrait vous parler, c'est urgent.

Dominic ferma les yeux en soupirant. Décidément, tout se liguait contre lui…

Il aimait venir travailler à pied d'un bon pas, le trajet entre son appartement de la Cinquième Avenue et le bureau représentant *exactement* le temps dont il avait besoin pour se clarifier les idées, parcourir mentalement la liste de choses à faire et se préparer à affronter la journée.

Or ce matin-là, il avait essuyé une violente averse à mi-parcours et, évidemment, impossible de trouver un taxi…

Quand il était arrivé au bureau, trempé et de fort mauvaise humeur, Dominic avait découvert un message du P-DG d'une entreprise avec qui il était en pourparlers, dans lequel l'homme d'affaires demandait un délai afin de réfléchir aux options de rachat envisagées.

Alors qu'il tentait de régler la question, il avait ensuite reçu un mail d'un fournisseur japonais l'informant qu'il y aurait du retard dans l'expédition de la commande — que Dominic attendait impatiemment, bien sûr. Pour tout arranger, Shyla, sa secrétaire, avait des nausées, le visage livide et l'air épuisé, tout en faisant des efforts manifestes pour se montrer aussi efficace que d'habitude.

Et Marjorie, la femme qui — il en avait été *certain* — ne souhaiterait jamais entretenir avec lui de relations autres que purement charnelles, venait de lui donner un ultimatum avant de lui raccrocher au nez. S'il souhaitait revenir dans sa chambre, elle exigeait que la prochaine fois il se présente avec une bague de fiançailles.

*Et maintenant, son père désirait lui parler ?*

— Vous avez entendu, Dominic ? insista Shyla. Il a dit que c'était *urgent* !

Depuis que Douglas ne dirigeait plus l'entreprise familiale et s'était retiré des affaires, c'était *toujours* urgent.

Dix-huit mois plus tôt, il était parti joyeusement s'installer en Floride, disant à son fils qu'il avait l'intention de s'adonner à la lecture, la pêche et à tous les autres plaisirs qu'il avait dû mettre de côté depuis des années.

Il allait prendre du bon temps et passer ses soirées avec ses amis, avait pensé Dominic, à jouer aux cartes en mangeant des hamburgers. Mais au lieu de cela, Douglas semblait occuper ses journées à réfléchir à de nouvelles stratégies pour développer l'entreprise dont il n'était plus le P-DG — et avait décidé de lui trouver une épouse. Afin d'assurer l'avenir de Wolfe Enterprises, avait-il précisé pour couper court aux protestations de Dominic.

Celui-ci avait pourtant bien fait comprendre à Douglas qu'il n'était pas près de renoncer au célibat. Ils en avaient discuté des centaines de fois. Des *milliers* de fois.

Son père avait déjà joué les entremetteurs douze ans plus tôt ; il lui avait alors présenté Carin. Jeune, douce, ravissante, et la fille de l'un des fournisseurs les plus importants de l'entreprise familiale. Quant à Dominic, il était à l'époque jeune, beau, ambitieux, et naïf. Il avait cru que tout se déroulerait sans anicroche.

Pas une seconde, il ne s'était imaginé que Carin pourrait le plaquer le jour de leur mariage.

C'était néanmoins ce qui s'était produit. Au lieu de se marier, il s'était retrouvé abandonné dans la maison familiale des Bahamas avec une alliance dans la poche, une humiliation atroce à encaisser et deux cents invités à gérer.

Par conséquent, il était *hors de question* de laisser son père se mêler de nouveau de sa vie personnelle.

Pendant douze ans, Douglas s'était tenu tranquille et avait laissé Dominic jouir de sa vie de célibataire. Mais apparemment, sa retraite avait réveillé en lui le désir de s'immiscer dans les affaires privées de son fils. Depuis un an et demi, il lui présentait une femme par mois pour que Dominic « y jette un coup d'œil ».

C'était sans doute biologique, avait d'abord pensé celui-ci. Il devait s'agir d'un besoin ressenti par les hommes ayant dépassé les soixante-cinq ans. Aussi, lorsque Rhys, le benjamin de la famille, lui avait donné deux petits-enfants d'un coup, Mariah ayant accouché de jumeaux, Dominic avait espéré qu'il allait pouvoir respirer.

Hélas, rien n'avait changé. Cinq mois s'étaient écoulés depuis la double naissance et Douglas avait continué à lui présenter une femme après l'autre, avec une régularité et une persévérance sidérantes.

Il ne coucherait jamais avec une femme qui semblait avoir un ordinateur en guise de cerveau, lui avait dit Dominic après avoir rencontré une énième candidate.

— Mais qu'est-ce que tu veux, alors ? s'était exclamé Douglas.

— Qu'on me fiche la paix ! avait répondu Dominic avant de raccrocher le téléphone aussi sec.

Il l'avait eue, la paix. Pendant plus de trois semaines. Profitant de son répit, il avait osé espérer que son père avait enfin compris. Mais de toute évidence, il revenait à la charge.

Il appuya sur la touche, puis demanda d'un ton brutal :

— Qu'est-ce qu'il y a ?

— Merci, je te souhaite moi aussi une belle journée, répliqua la voix joviale de son père.

— Il ne fait pas beau, ici. Il pleut même à verse.

— Dans ce cas, je vais demander à Evelyn de préparer mon parapluie et mes boots imperméables.

— De préparer… Pourquoi ?

S'attendant déjà au pire, Dominic se redressa sur son siège et serra son stylo Montblanc entre ses doigts.

— Je dîne avec Tommy Hargrove ce soir, poursuivit Douglas. J'ai discuté récemment avec lui de la possibilité de l'accueillir au sein du conseil d'administration. Alors je prendrai le vol de midi pour New York avec Viveca et…

— Je t'interromps tout de suite. Tommy Hargrove ne fera *pas* partie du conseil d'administration.

Ils en avaient déjà parlé maintes fois. À une époque, il aurait pu être judicieux d'intégrer la modeste entreprise de Tommy Hargrove, mais plus maintenant.

— Wolfe Enterprises n'est pas intéressée par ce genre de petite société de communication au fonctionnement arriéré. Et tu peux me dire qui est *Viveca*, s'il te plaît ?

— Tommy et moi sommes de vieux amis, répondit Douglas en ignorant sa question. Nous nous connaissions déjà alors que tu te traînais encore à quatre pattes, jeune homme.

Le fait de s'entendre appeler *jeune homme* confirma les craintes de Dominic.

— Et, continua son père, l'entreprise de Tommy pourrait fort bien…

— Non, coupa-t-il. Il n'y a *aucun* doute là-dessus.

— C'est ce que nous verrons.

— Nous ne…

— Il est néanmoins possible que je change d'avis sur la question, poursuivit Douglas avec calme. Si toi et Viveca…

Dominic fit claquer son stylo-plume sur son bureau.

— Je ne t'ai jamais parlé de Viveca ? reprit son père d'un ton innocent.

— Non, répondit-il entre ses dents.

— Ah… Eh bien, c'est ce que j'appelle une belle fille ! Je dirais même superbe. Vraiment. Viveca est la fille de Pauline Moore — tu te souviens de Pauline ? Elle a été élue Miss Amérique, du temps où nous étions étudiants, elle et moi. Je les ai rencontrées par hasard au club lundi dernier, elle et sa fille. Et au cours de la conversation, Pauline m'a demandé tout à coup si j'avais bien un fils de l'âge de celle-ci. Elle pensait à Rhys, bien sûr. Viveca est bien plus jeune que toi. Magnifique, je t'assure. Longs cheveux blonds. Intelligente. *Beaucoup* de charme. Je t'ai dit qu'elle préparait un doctorat ès… ?

— Viens-en au but, coupa Dominic, à bout de patience.

— Épouse-la, laissa tomber son père d'un ton détaché.

— Quoi ?

— Tu m'as très bien entendu. Épouse-la. Il est grand temps que tu te maries, que tu aies des enfants. Pour perpétuer la lignée. Épouse Viveca et je dirai à Tommy que nous avons pris une autre option.

— Je le lui dirai moi-même — cela m'évitera d'épouser Viveca.

Son père resta silencieux pendant une seconde.

— Et moi, je dirai au conseil que je te retire ma confiance.

Ce fut comme si tout Manhattan retenait son souffle. Dominic ne percevait plus un son, hormis celui du pouls qui lui martelait les tempes.

— Est-ce une menace ? demanda-t-il enfin, avec un calme qu'il était loin de ressentir.

— Bien sûr que non ! s'exclama Douglas. C'est une proposition en or, mon fils. Tu ne rajeunis pas : tu as trente-six ans ! Cette histoire absurde avec Carol est loin derrière toi, sapristi !

— Carin.

— Carol, Carin, peu importe ! C'est de l'histoire ancienne ! Ou plutôt, c'est comme monter à cheval : quand on tombe, on ne renonce pas — on remonte en selle, tout de suite !

— Tu veux dire que l'on épouse la première venue, c'est cela ?

*Bon sang, il avait l'impression que sa tête allait éclater…*

— Mais non ! Il y a des tas de femmes ravissantes et

intelligentes qui gravitent autour de toi, il suffit d'ouvrir les yeux ! Tu as eu douze ans pour en trouver une qui te convienne et tu n'as pas avancé d'un pouce !

— Peut-être parce que je ne le souhaite pas.

— N'importe quoi ! Tu *dois* te marier, Dominic. Pour les affaires — sinon pour toi. Les gens font confiance à un homme marié. Ils ont besoin de sentir qu'ils ont affaire à quelqu'un de responsable, de fiable. Tes partenaires t'accordent le bénéfice du doute depuis des années, mais ils commencent à se poser des questions. Et puis, tu as l'étoffe du parfait chef de famille. Tu seras un bon père, Dominic.

— Tu veux dire un bon père *comme toi* ?

Douglas ne se donna même pas la peine de réagir à la pointe de sarcasme.

— Oui, tu es le digne fils de ton père ! acquiesça-t-il. C'est pour cela que je suis certain que Viveca va te plaire.

— Je ne veux pas…

— Tu ne sais plus ce que tu veux ! Je te présente une rousse, tu veux une blonde. Je te présente une femme d'intérieur, tu veux une intellectuelle possédant au minimum un doctorat de troisième cycle. Je te…

— Je veux que tu cesses de me présenter des épouses potentielles !

— D'accord. Après ce soir. Après que tu auras fait la connaissance de Viveca. Elle est tout ce que tu désires : blonde, femme d'intérieur *et* diplômée, et…

— Et si je ne l'épouse pas, tu iras trouver le conseil d'administration, enchaîna Dominic, les doigts crispés autour du téléphone.

Après un bref moment d'hésitation, son père confirma d'une voix posée :

— Exactement.

Il ne reviendrait pas en arrière, comprit Dominic avec un frisson glacé. Il ne changerait pas d'avis.

— Rejoins-nous au Sabre. À 20 heures.

— J'ai…

— À 20 heures, Dominic.

Atterré, il entendit son père raccrocher et contempla le combiné pendant quelques instants, puis le reposa sur son socle avant de s'appuyer à son dossier pour faire pivoter son fauteuil vers la fenêtre.

La pluie tombait toujours, formant une sorte de voile flou qui le séparait du monde extérieur.

Tambourinant légèrement sur les accoudoirs, il réfléchit aux différentes options qui se présentaient à lui.

Sans doute aurait-il dû se montrer plus ferme dès le jour où Douglas avait commencé à se mêler de ses affaires, sur le plan personnel *et* professionnel. Il aurait dû lui demander de se retirer *complètement*.

Dominic ne l'avait pas fait parce qu'il avait toujours admiré son père, sa détermination, sa ténacité, sa force et sa volonté indomptable. Il avait grandi avec le désir de lui ressembler.

Aussi avait-il supporté le dur apprentissage imposé par Douglas afin de lui succéder le moment venu à la direction de l'entreprise familiale. Il s'était impliqué corps et âme, travaillant jour et nuit, pendant les vacances, les week-ends. Il avait fait tout ce que son père exigeait de lui, et avec brio.

Douze ans plus tôt, il avait même laissé ce dernier lui choisir une fiancée, parce qu'il comprenait son souhait de resserrer les liens entre sa propre entreprise et celle appartenant au père de Carin. C'était un choix pertinent, et Dominic avait trouvé la jeune femme à son goût. Il avait été certain d'être un bon mari pour elle.

C'était Carin qui avait fui — pas lui, bon sang !

Et ce jour-là, quand elle l'avait abandonné, le laissant profondément meurtri et humilié, il avait néanmoins continué à croire au bien-fondé des décisions de son père.

Même maintenant, il pensait encore que Douglas avait raison. Dans le monde des affaires, les hommes mariés inspirent davantage confiance que les célibataires. Certains chefs d'entreprise avec lesquels Dominic avait traité récemment le lui avaient clairement laissé entendre. Quand ils l'avaient invité à participer à certaines manifestations en compagnie de son épouse et qu'il avait répondu qu'il n'était pas marié, ils avaient imperceptiblement haussé les sourcils.

Son père avait sans doute raison aussi concernant Viveca. Elle représentait probablement la candidate idéale. La compagne parfaite avec laquelle s'afficher en public.

Fermant les yeux, il entrevit son avenir. Se vit avec la superbe blonde intelligente et placide choisie par son père.

Rouvrant les yeux, Dominic contempla la pluie qui tombait toujours. Il faisait froid dehors et chaud à l'intérieur. Les vitres couvertes de buée lui rappelaient d'autres vitres embuées, lors d'une nuit hors du temps. Une nuit de sexe torride partagée avec une femme qui n'avait rien de placide.

À ce simple souvenir d'elle, de leur nuit brûlante, sa libido réagit aussitôt. Cela faisait trois mois qu'il faisait tout son possible pour oublier. Depuis février, il s'efforçait de faire comme si rien ne s'était passé. Et n'y parvenant pas, il s'était évertué à se convaincre qu'il ne revivrait plus jamais de tels instants.

C'était impossible, de toute façon. Une nuit pareille, cela n'arrive qu'une fois dans la vie. En tout cas, il n'en avait jamais vécu de semblable auparavant, ni depuis. Et assurément pas avec Marjorie.

*Et si...*

Dominic s'interdit de développer la pensée qui germait dans son esprit. Mais ne put s'empêcher de s'interroger.

Et s'il ne s'était pas agi uniquement d'un coup de chance extraordinaire ? S'ils pouvaient revivre ces instants torrides ? Encore et encore ?

La bouche sèche, les mains moites, il resserra son nœud de cravate. La cravate à rayures grises et bordeaux. Celle-là même qu'elle avait…

Après avoir inspiré à fond, il bondit de son fauteuil,

traversa son bureau et ouvrit la porte donnant sur celui de Shyla, qui lui tendit le téléphone.

— Dominic, M. Shiguru voudrait vous parler, et j'ai Mme Beecher en attente sur la…

— Pas maintenant, l'interrompit-il en saisissant son imperméable au passage.

— Dominic ! Où allez-vous ?

— Me chercher une épouse.

Sierra aurait dû prévoir que cette journée serait épouvantable.

Lorsqu'elle avait soulevé les paupières et vu la pluie frapper sans relâche les pauvres tulipes courbant la tête dans la jardinière posée sur le rebord de la fenêtre, elle aurait dû refermer les yeux et remonter la couette sur sa tête.

Au lieu de cela, elle avait affiché l'un de ses sourires les plus optimistes en se disant que la pluie faisait beaucoup de bien aux fleurs. Et refusé de penser aux conséquences dévastatrices de l'humidité sur les cheveux.

Erreur. La pluie avait un effet *catastrophique* sur les cheveux. Ainsi que sur l'humeur des gens en général : les clients lunatiques nourrissant des visions artistiques totalement irréalisables ; les photographes dont les jumeaux faisaient leurs dents, les empêchant de fermer l'œil de la nuit — sans oublier les mannequins aux cheveux naturellement frisés.

Plus la matinée avançait et plus l'atmosphère devenait détestable.

Sierra n'espérait pas que toutes les journées soient exemptes de stress, pas du tout. Mais le pourcentage de mauvaise volonté régnant dans le studio de Finn MacCauley menaçait de pulvériser tous les records.

— Dépêche-toi ! répéta celui-ci pour au moins la quinzième fois en une heure. Tu sais combien de fichues robes il nous reste à photographier ?

Non, Sierra n'en savait rien. Et elle n'en avait rien à faire.

Les robes, ce n'était pas son problème. Son problème, c'était les cheveux. Lisses, en chignon, flous, laqués…

— Ça y est ! Elle recommence à friser ! se lamenta Ballou, le client lunatique.

Il saisit la longue chevelure épaisse et bouclée d'Alison, la déesse du Bronx, sans ménagement pour le cuir chevelu ou la sensibilité du mannequin.

— Regardez-moi ça ! cria-t-il à Sierra. Je ne veux pas qu'elle frise ! Il faut qu'elle ait les cheveux *lisses* ! Alors lissez-les, bon sang !

Il s'attendait peut-être à la voir sortir une baguette magique de sa mallette ?

— Pas de problème. Je vais appliquer une nouvelle couche de gel.

— Sierra, pour l'amour du ciel ! s'écria Finn d'un ton excédé. On n'a pas que ça à faire ! Alors laisse ses cheveux tranquilles et sors du champ, OK ?

— Il faut juste que je…

— Je les veux lisses, insista Ballou.

Dans ce cas, pourquoi avoir choisi un mannequin aux cheveux naturellement frisés ?

— Mince, je frise aussi ! se lamenta Delilah, l'autre mannequin.

— Non, pas la bleue. Je ne l'aime pas dans la bleue, décréta Ballou en faisant la moue. Essayez la jaune.

— Jamais de la vie ! Je ne peux pas porter de jaune ! protesta le mannequin qui achevait d'enfiler ladite robe bleue. Ça me donne un teint cadavérique.

— Si vous ne vous taisez pas, intervint Finn, c'est moi qui vais vous transformer en cadavre. Jaune ou bleu, je m'en fiche ! Nous en sommes à six robes sur trente, bon sang ! Remue-toi, Sierra ! On y va !

Ils y allèrent. Les mannequins se tinrent tranquilles, tandis que Sierra leur lissait de nouveau les cheveux. Ensuite Ballou tempêta dans son coin, pendant que Finn jurait et mitraillait.

Quant à Sierra, elle s'efforça de rester optimiste en se répétant qu'au fond ces problèmes étaient bien superficiels et que tout était relatif.

Une robe bleue ou jaune. Des cheveux lisses, bouclés ou frisés. Qu'est-ce que cela changeait à la marche du monde ?

Surtout comparé au *vrai* problème que représentait la situation de Frankie Bartelli, par exemple.

L'adorable Frankie, qui allait mourir.

Son esprit se rebella à cette pensée. Tout en elle rejetait cette éventualité. Mais elle avait beau se rebeller, rejeter, c'était pourtant ce qui allait se produire si on ne lui faisait pas de greffe de rein. Rapidement.

Des tas de gens souffraient comme lui d'insuffisance rénale. Certains survivaient grâce à la dialyse, pendant des années. Mais ce n'était pas le cas de Frankie, que Sierra voyait dépérir de jour en jour. Frankie qui, à huit ans, aurait dû avoir toute la vie devant lui.

Frankie qui rêvait de gravir des montagnes, d'aller à la pêche, de jouer au base-ball. Qui dessinait des monstres effrayants voyageant à bord de superbes vaisseaux spatiaux, ou des plans hyper précis des « plus belles maisons dans les arbres qui aient jamais existé ».

Frankie qui adorait *Harry Potter* et la pizza au fromage. Qui avait de grands yeux noisette et de longs cils brun foncé, et un épi que Sierra — même avec son gel le plus efficace — n'aurait pu dompter bien longtemps.

Et son rire incroyable, et son sourire qui vous faisait fondre sur place…

Frankie et Pam, sa mère, étaient ses voisins depuis que, trois ans plus tôt, elle avait emménagé au troisième étage d'un petit immeuble de quatre, sans ascenseur, et situé en plein cœur du *Village*, dans le sud-ouest de Manhattan.

À l'époque, Frankie avait bien meilleure mine, il était mille fois plus costaud, et Pam n'avait pas cette lueur traquée, paniquée, au fond de ses yeux bruns presque noirs.

— Je ne sais pas ce que je vais faire, avait-elle dit récemment d'une voix brisée.

Elle sortait d'un rendez-vous avec les spécialistes, complètement démoralisée.

— S'il a besoin d'une greffe, nous allons nous organiser pour qu'il puisse en bénéficier, avait alors affirmé Sierra.

Désespérée mais réaliste, Pam avait secoué la tête.

— L'hôpital me demande deux cent cinquante mille dollars avant même d'accepter de l'inscrire sur la liste d'attente.

Cela avait paru scandaleux à Sierra. C'était de l'escroquerie pure et simple ! Tout cela parce que Pam était illustratrice et donc indépendante, et que son assurance ne couvrait pas ce genre de frais médicaux ! Ce n'était pas une raison pour refuser de soigner Frankie !

Elle ne s'était pas privée de le répéter à l'envi.

Mais cela n'avait rien changé, hélas. Le matin même, Pam lui avait répété qu'ils refusaient catégoriquement de recevoir son fils en consultation si elle ne se présentait pas avec la somme requise.

Sierra avait presque vingt mille dollars d'économie, ce qui était à la fois énorme, et ridicule comparé à ce dont Pam avait besoin. Cependant, elle n'était pas prête à s'avouer vaincue.

— Je trouverai une solution, avait-elle promis en serrant les mains de Pam entre les siennes. Ne t'inquiète pas.

Ce qui ne l'empêchait pas de s'inquiéter elle-même. D'autant qu'elle n'avait encore trouvé *aucune* solution.

— OK. On y va. Allongez le cou. Je veux voir vos mentons. Donnez-moi du menton ! Et ne vous mettez pas l'une devant l'autre, bon sang ! Plus à gauche, Alison.

Alison obéit… et heurta l'un des réflecteurs, qui tomba avec fracas sur le sol.

Ballou en lâcha les robes qu'il tenait dans les bras.

— Oh ! non ! Ce n'est pas vrai ! rugit-il en se penchant pour les ramasser. Elles vont être chiffonnées ! Aidez-moi, Sierra !

— Bon sang ! tonna Finn, les yeux étincelants de rage. Sierra, occupe-toi du réflecteur !

— Je recommence à friser ! se lamenta Alison. Sierra ! Faites quelque chose !

Au moment où Sierra se disait que la journée ne pourrait pas être pire, la porte du studio s'ouvrit brutalement sur Dominic Wolfe, suivi de Strong, la redoutable directrice de l'agence aux manières d'adjudant-chef.

— Non, monsieur, je suis désolée… *Monsieur* ! Vous ne pouvez pas entrer dans ce studio !

Mais Strong ne connaissait pas Dominic Wolfe.

« Le surdoué à la tête froide », comme l'avait souligné un journaliste financier du *Times* la semaine précédente, dans son portrait du P-DG combatif, déterminé et travailleur de Wolfe Enterprises, qu'il décrivait comme « une entreprise du passé entièrement tournée vers l'avenir ».

L'auteur de l'article entendait par là que sous sa direction Wolfe Enterprises, anciennement concentrée sur la radio et la télévision, s'était muée en entreprise de pointe dans le domaine de l'électronique et des médias numériques.

« Parce que Dominique Wolfe sait ce qu'il veut », concluait le journaliste. « Et que ce qu'il veut, il l'obtient. »

Sierra aurait pu le confirmer sans problème.

Et Strong allait vite s'en rendre compte à son tour.

Le cœur battant à tout rompre, Sierra ne pouvait s'empêcher de le regarder, fascinée malgré elle. Elle ne l'avait pas revu depuis le mariage de sa sœur Mariah avec Rhys, le frère de Dominic, trois mois plus tôt.

Elle avait tout fait pour ne pas le croiser. De la même façon qu'il avait tout fait pour l'éviter.

Si elle s'était efforcée d'oublier Dominic Wolfe, elle ne s'attendait pas à le voir débarquer dans le studio de Finn MacCauley et foncer droit vers elle.

Fronçant les sourcils, Finn bondit et s'interposa entre eux.

— Wolfe ?

Manifestement, il se demandait lui aussi ce que le brillant homme d'affaires, et frère aîné de son ami Rhys, pouvait bien venir faire dans son studio.

Incapable de détourner les yeux de sa haute silhouette, elle sentit l'alchimie vibrer entre eux, comme la première fois qu'ils s'étaient rencontrés, l'été dernier, dans le bureau de Dominic. Ils l'avaient niée tous les deux, cette alchimie, refoulée. Ils avaient tenté de l'ignorer. Mais en vain.

Émergeant de sa torpeur, Sierra s'avança, contourna Finn et plongea son regard dans celui de Dominic.

— Qu'est-ce que tu veux ? demanda-t-elle.

— T'épouser.

Peu importait qu'elle le contemple d'un air interloqué, que Finn le foudroie du regard, et que tous les autres le prennent pour un fou échappé d'un asile.

Tranquillement, Dominic répéta :

— T'épouser. Je veux t'épouser.

— M'épouser… ?

C'était la première fois qu'il voyait Sierra Kelly à court de paroles. Et il était ravi d'avoir réussi à la choquer.

— Exactement, répliqua-t-il en souriant.

Elle redressa aussitôt le menton d'un air de défi.

— Il faudrait me payer cher ! Un million de dollars !

— Un demi-million.

— *Quoi* ? fit-elle en écarquillant les yeux. Cesse de plaisanter.

Dominic la prit par le bras et l'entraîna dans le hall, où une douzaine de personnes les dévisagèrent avec curiosité.

— Je ne plaisante pas, dit-il. Tu veux cinq cent mille dollars ? Pas de problème, tu les auras.

— Mais…, commença-t-elle.

Elle s'interrompit et plissa les yeux d'un air soupçonneux.

— Pourquoi ?

— Parce que.

— Parce que quoi ? Il y a forcément une raison : « L'homme qui sait ce qu'il veut » n'agit jamais à la légère.

— Ce n'est que l'opinion d'un journaliste, répliqua Dominic avec mépris.

— Opinion basée sur des faits précis et indéniables. Alors je répète ma question : pourquoi désires-tu m'épouser ?

Il se passa la main dans les cheveux, encore humides.

— Je ne le désire pas.

Les yeux noisette étincelèrent. Elle croisa les bras sur son haut moulant orange vif, mais Dominic avait eu le temps de voir les mamelons saillir sous l'étoffe. Ce qui fit derechef réagir la partie la plus virile de son anatomie.

— Pourquoi, alors ? insista-t-elle en tapant du talon.

— Parce que j'ai besoin de me marier.

— Je croyais que seules les femmes avaient *besoin* de se marier.

— Il est temps que je me marie. Un P-DG inspire davantage confiance quand il est marié.

— Tu veux te marier avec *moi* pour inspirer confiance ?

— Je le fais pour clouer le bec à mon père ! Pour qu'il me fiche la paix et disparaisse de ma vie ! Je veux qu'il arrête de se mêler de mes affaires et de me chercher une épouse. Qu'il me lâche et me laisse diriger l'entreprise comme je l'entends. Qu'il reste en Floride à jouer à la pétanque avec ses potes !

— Tu n'accepterais jamais de jouer à la pétanque.

— Pardon ? demanda Dominic, dérouté.

— Tu te vois passer ta vie à jouer aux boules ? répliqua-t-elle en roulant des yeux. Non, n'est-ce pas ? Eh bien, tu es comme ton père.

— Qu'est-ce que ça peut… Je me fiche de lui ressembler !

À bout de patience, il se massa la nuque.

— OK, nous nous ressemblons — et il ferait la même chose que moi, à ma place. Il agirait comme il l'entend.

— Il m'épouserait ? répliqua-t-elle, l'air sceptique. Il se marierait avec une femme aux cheveux violines ?

— Ils sont violets, pas *violines*, marmonna Dominic en contemplant ses cheveux.

En fait, elle avait raison. Ils étaient d'une teinte auburn vibrante aux reflets violines. Et il était difficile de ne pas la remarquer… Ou même de ne pas être carrément fasciné par cette longue chevelure soyeuse, comme il l'était lui-même.

— Peu importe, de toute façon, dit-elle en balayant la question d'un geste de la main. J'envisage de changer de couleur. Pour un beau vert gazon, peut-être.

Paroles assorties de l'un de ces sourires provocants dont elle avait le secret. Mais Dominic était résolu à ne pas tomber dans le panneau.

— Alors, que penses-tu de ma proposition ? demanda-t-il.

— Que tu es fou.

— Sans doute.

— Tu es vraiment sérieux ?

— Le plus sérieux du monde.

Sierra le regarda en se mordillant la lèvre. Cette lèvre que lui-même avait titillée, embrassée, léchée…

— Sierra ? insista-t-il avec impatience.

— Un demi-million ?

C'était bien la dernière réaction à laquelle il s'attendait. Sierra Kelly n'était pas une femme intéressée. Enfin, il ne la voyait pas ainsi. Mais de toute façon, il était trop tard pour revenir en arrière.

— Un demi-million.

— Maintenant ? Tu me le donnerais maintenant ?

— Tu veux t'arrêter dans une banque sur le chemin de la mairie ? proposa-t-il avec un mélange de sarcasme et d'incrédulité.

— Oui, répondit-elle gravement.

Dominic la dévisagea en silence. Que se passait-il sous

ces cheveux violines ? Il repoussa les doutes qui naissaient dans son esprit. Il s'en fichait. Complètement.

— Marché conclu. Tu m'épouses cet après-midi en échange d'un demi-million de dollars.

Elle hésita un quart de seconde.

— D'accord.

Elle allait se réveiller d'une minute à l'autre. Elle bâillerait, s'étirerait et, en ouvrant les yeux, elle verrait le plafond à la peinture un peu écaillée au-dessus de son futon. Et elle éclaterait de rire en se rappelant le rêve absurde qu'elle venait de faire.

Sierra humidifia les cheveux d'Alison avant de les lisser avec du gel. Puis elle fit rouler ses épaules et secoua la tête pour se réveiller.

— Ça va ? demanda Dominic.

Non, elle n'avait pas rêvé.

Levant le bras, il repoussa sa manchette de chemise pour jeter un coup d'œil à sa montre.

— Il faut qu'on y aille.

— Je ne peux pas. Je travaille ! J'ai signé un *contrat* !

Quand il la regarda, les mâchoires serrées, elle crut qu'il allait objecter quelque chose, mais il finit par hocher la tête.

— Eh bien, dépêche-toi de terminer ce que tu as à faire.

Il se tourna vers Alison.

— Vous, arrêtez de pleurnicher et habillez-vous. Et vous, arrêtez de vous tripoter les cheveux, dit-il à Delilah.

Ensuite, il s'en prit à Ballou, qui contemplait la scène d'un air ahuri.

— Remuez-vous un peu ! Prenez ces robes et passez-les-leur, bon sang !

Dans son élan, il poursuivit à l'adresse de Finn :

— Il faut que tout soit terminé à 14 heures. Demandez-lui…

Petit mouvement de tête vers Strong.

— … d'appeler Izzy.

Sidéré, Finn les regarda tour à tour, lui et Sierra.

— Tu vas vraiment l'épouser ? demanda-t-il.

À vrai dire, Sierra n'y croyait pas plus que Finn. Mais celui-ci ne savait pas tout. Il ignorait que l'alchimie palpitait entre eux depuis des mois. Il ne se doutait pas que la nuit suivant le mariage de Mariah et Rhys, elle et Dominic avaient partagé du sexe fabuleux. Torride. Et que depuis elle n'avait jamais pu oublier ces moments incroyables.

— Oui, je vais l'épouser.

Après l'avoir dévisagée en silence, Finn hocha la tête.

— OK. 14 heures.

— Impossible ! geignit Ballou.

— C'est hors de question ! s'écrièrent les deux mannequins en chœur.

À 13 h 55, tout était terminé.

— Allons-y, dit Dominic en la regardant ranger ses accessoires dans sa mallette en cuir couleur prune.

Quand elle la souleva, puis en passa la bandoulière sur son épaule, il haussa les sourcils.

— Où vas-tu, avec tout ce barda ?

— Je ne me déplace jamais sans ma mallette.

Elle baissa les yeux sur son attaché-case.

— Chacun son truc, ajouta-t-elle avec un sourire en coin.

— Très bien, acquiesça-t-il avec un soupir.

— Et les formalités administratives ? demanda-t-elle en le suivant vers les ascenseurs.

— Ne t'inquiète pas pour cela.

— Il n'y a pas de délai ?

— Si. De vingt-quatre heures. J'obtiendrai une dérogation.

Une fois arrivés au rez-de-chaussée, il l'entraîna vers les larges portes vitrées sans la regarder. Dehors, la pluie tombait toujours.

Quelques instants plus tard, Sierra s'installait à l'arrière d'une voiture noire avec chauffeur.

— C'est fou, dit-elle en repoussant une mèche mouillée de son front. Tu en es conscient ?

— Oui, dit-il en s'asseyant à côté d'elle.

Si près d'elle que Sierra sentit sa chaleur virile se propager en elle, lui rappelant…

— Tu le regretteras demain, dit-elle d'une voix rauque.

— Probablement.

Après avoir fait claquer la portière, il demanda au chauffeur de démarrer.

— Moi, je le regretterai, c'est certain, répliqua Sierra.

— Sans aucun doute.

Lorsque cette fois il se tourna vers elle et plongea son regard dans le sien, une lueur sauvage couvait au fond de ses yeux bleus. Comme le soir où…

— Alors, décide-toi, reprit-il. Tu es toujours d'accord ?

Une demi-heure plus tard, tout était réglé. Ils étaient passés à la banque et le virement serait effectué dans les plus brefs délais. Quant à Dominic, il ne lui demanda même pas ce qu'elle comptait faire de cet argent.

— Satisfaite ? s'enquit-il en remontant en voiture.

Sierra hocha la tête en silence. Jamais elle n'aurait rêvé d'être en possession d'une somme pareille.

— Parfait. À la mairie, dit-il au chauffeur.

Il s'était occupé de tous les détails par téléphone, si bien qu'à leur arrivée un employé leur demanda de remplir un formulaire déjà prêt. Sierra s'exécuta, signa à l'endroit requis. Puis Dominic lui reprit le bras pour l'entraîner vers la porte.

— Je vais appeler Finn pour lui dire de venir nous rejoindre avec Izzy.

— Tu ne préfères pas appeler Rhys ?

Dominic avait été le témoin de son frère et Sierra la demoiselle d'honneur de Mariah.

— Tu souhaites appeler ta sœur ? répliqua-t-il en haussant un sourcil.

Jamais de la vie ! Mariah était une femme intelligente, elle avait la tête sur les épaules. Elle se précipiterait pour l'empêcher de se marier sur un coup de tête — avec son beau-frère !

— C'est bien ce que je pensais, fit-il en sortant son téléphone de sa poche.

— Finn ? Tout est OK, commença-t-il, sans autre préambule. Rejoignez-nous à la mairie à 17 heures et demandez où se trouve le bureau du juge Willis.

Après avoir remis son portable dans sa poche, il reprit Sierra par le bras.

— Ce n'est pas dans ce bâtiment. Viens, suis-moi.

Deux rues plus loin, ils entrèrent dans un immeuble ultra moderne, montèrent au cinquième étage, longèrent deux couloirs interminables.

Un quart d'heure plus tard, Finn et Izzy arrivaient, avec leurs quatre enfants.

— Qu'est-ce que… ? commença Dominic en contemplant la petite famille au grand complet.

Interloqué, il tourna les yeux vers la femme de Finn, Izzy, mais celle-ci ne lui laissa pas le temps d'ouvrir la bouche et brandit son parapluie vers lui d'un air accusateur.

— Si tu voulais que je trouve une baby-sitter, il fallait me prévenir plus tôt !

Puis elle tourna les yeux vers Sierra en plissant le front.

— Tu as perdu l'esprit ?

— Sans doute, répondit-elle en réprimant un soupir.

— Tu lui as forcé la main, ou quoi ? demanda Izzy à Dominic.

— Pas du tout, protesta-t-il, l'air offusqué.

Finn se tourna vers sa femme et lui prit doucement le parapluie des mains.

— Je crois que cela ne nous regarde pas, ma chérie.

— Mais…

— Ne vous inquiétez pas pour Sierra, intervint Dominic d'une voix ferme. Je ne vais pas la maltraiter ou la battre. Je ne la forcerai pas non plus à se teindre les cheveux en brun. Je veux seulement l'épouser.

Izzy ne parut pas plus réjouie, ni convaincue, pour autant.

De toute façon, la porte s'ouvrit soudain sur une femme à lunettes qui leur demanda de bien vouloir la suivre.

Lorsque le juge Willis regarda les cheveux de Sierra d'un air déconcerté, déglutit, s'éclaircit la voix, Dominic lui passa un bras protecteur autour de la taille et la serra contre lui, la faisant tressaillir violemment.

Après un court discours officiel, le juge lut quelques lignes d'un livre ouvert devant lui. Dominic les répéta. Le juge regarda Sierra et recommença sa lecture. Elle répéta à son tour ses paroles en se demandant comment elle pourrait bien obéir à son mari, elle qui n'avait jamais été capable d'obéir à quiconque…

— … Jusqu'à ce que la mort vous sépare ?

Sierra regarda l'homme en costume élégant debout à côté d'elle, aperçut la cravate rayée gris et bordeaux…

Dominic toussota, resserra les doigts sur sa taille.

— Pardon ? demanda-t-elle en battant des cils.

— Acceptez-vous de prendre cet homme pour époux ? demanda le juge Willis sans dissimuler son impatience.

*Mon Dieu, il avait déjà dû lui poser la question et tous attendaient sa réponse…*

Sierra sourit à la ronde.

— Mais oui ! Pourquoi pas ?

# 2.

*Mais oui ! Pourquoi pas ?*

Ce n'était pas aussi simple, Dominic en avait fait l'expérience douze ans plus tôt. Après cette lamentable histoire, il avait été la proie de cauchemars pendant des mois, des années, revivant ce matin radieux de juin où il s'était retrouvé abandonné le jour de son mariage, aux Bahamas.

Jamais il ne pourrait revivre un tel traumatisme, une telle humiliation, et affronter deux cents invités curieux — et plus ou moins bienveillants.

Cette fois, il n'y avait eu ni attente interminable ni humiliation atroce. Tout avait été réglé en quelques heures. Et maintenant, il était marié.

À une femme aux cheveux violets. Enfin, non, *violines.*

*Seigneur, qu'avait-il fait ?*

La question résonna dans l'esprit de Dominic, avant de repasser en boucle. Mais de toute façon, constata-t-il en consultant sa montre, il n'avait pas le temps de réfléchir.

Finn embrassa la mariée sur les deux joues.

— Je vous invite à boire une coupe de champagne, dit-il en souriant. D'accord ?

— Bien sûr, appuya Izzy. C'est indispensable !

— Super ! s'exclama Sierra, l'air ravi.

— Désolé, mais nous n'avons pas le temps, dit Dominic en secouant la tête. Nous dînons avec mon père.

Puis, après avoir serré la main de Finn et d'Izzy, ajouté

quelques mots de remerciements, il prit Sierra par le bras et l'entraîna sans lui demander son avis.

— Comment cela, nous dînons avec ton père ? protesta-t-elle lorsqu'ils pénétrèrent dans l'ascenseur. Il est à New York et tu ne l'as pas invité à venir se joindre à nous ?

— Tu crois vraiment qu'il se serait tenu tranquille et nous aurait adressé ses félicitations ?

Sierra entrouvrit les lèvres avant de les refermer aussitôt.

Parfait, elle avait eu l'occasion de faire la connaissance de Douglas au mariage de Mariah et Rhys. Ils n'avaient sans doute pas échangé plus de trois mots, mais elle avait pu avoir un aperçu du bonhomme.

L'ascenseur descendit tandis qu'elle contemplait les portes en silence. Dominic, ses cheveux violines.

*Qu'avait-il fait ?*

Il s'était marié, point final. Exactement comme son père le souhaitait. Quant au choix de son épouse…

Outre la teinte… singulière de ses cheveux, ses hauts moulants aux couleurs… vibrantes, ses collants… fantaisie, ses jupes ultra mini, ses blousons en jean, et ses boots à talons plats, Sierra Kelly — non, Sierra Kelly Wolfe — possédait de longues jambes sublimes, des lèvres pulpeuses au goût délicieux et une langue à la fois câline, coquine, et terriblement audacieuse…

Dominic avait fréquenté quantité de femmes superbes, sans qu'aucune d'elles n'ait eu le pouvoir d'embraser sa libido. Alors que Sierra… Il se consumait, *brûlait* pour elle.

Trois mois plus tôt, ils avaient passé la nuit à faire l'amour avec passion, voire une sorte de frénésie frôlant le désespoir. Et depuis, il revivait ces instants chaque nuit, seul dans son lit.

Une demi-heure plus tôt, il avait épousé cette femme incroyable dans le but de devenir un homme marié et donc fiable — et pour mettre un terme au harcèlement de son père. Mais aussi, et surtout, pour pouvoir s'abandonner avec elle aux transports dont les souvenirs le hantaient en permanence.

Dominic lui ouvrit la portière puis s'installa à côté d'elle. La pluie ruisselait sur les vitres, tandis que le chauffeur se faufilait dans le flot de véhicules — et que, collée à la portière, Sierra semblait frissonner dans son blouson en jean.

— Tu as froid ? demanda-t-il.

— Pas du tout ! répondit-elle en secouant farouchement la tête.

Serrant sa mallette contre sa poitrine comme pour s'en faire un bouclier, elle se tourna vers Dominic, lui adressa un bref sourire, avant de regarder de nouveau droit devant elle.

Si elle n'avait pas froid, pourquoi tremblait-elle ? Était-elle nerveuse ? Impossible ! Sierra n'avait sans doute jamais été nerveuse de sa vie, songea-t-il en l'observant du coin de l'œil. Remarquant que son mascara avait coulé, il sortit un mouchoir de sa poche et le lui tendit.

— Tiens, dit-il d'un ton neutre. Tu as du noir sur la joue droite, en dessous de l'œil.

L'air surpris, Sierra prit le mouchoir avant d'appuyer sur la touche commandant l'ouverture de la vitre.

— Qu'est-ce que tu fabriques ?

Elle sortit la main tenant le mouchoir.

— Tu préférerais que je crache dedans ?

— Bien sûr que non ! protesta Dominic.

— C'est bien ce que je pensais.

Quand elle jugea que le mouchoir était suffisamment humidifié, elle se frotta la joue avec. Après avoir répété deux fois l'opération, ouverture de la vitre et humidification comprises, elle se tourna vers Dominic.

— Satisfait ? demanda-t-elle en haussant les sourcils.

Prenant son silence pour un *non*, elle soupira :

— Eh bien, espérons que je pourrai passer aux toilettes avant l'arrivée de ton père.

Sur ces paroles, elle fourra le mouchoir trempé dans sa poche de blouson, avant de refermer de nouveau les bras autour de sa mallette.

Soudain, elle eut l'air si jeune et innocente que Dominic se demanda s'il devait lui donner quelques conseils pour l'aider à ne pas se sentir trop déplacée au restaurant.

Inutile. Elle *serait* déplacée, de toute façon. C'était d'ailleurs en partie à cause de cela qu'il l'avait épousée. Traversé soudain par un frisson coupable, il redressa les épaules. Après tout, personne ne l'avait forcée à l'épouser !

Et puis, il n'aurait servi à rien de lui dire comment se comporter : elle l'enverrait aussitôt paître, c'était certain.

Dominic souleva son attaché-case et l'ouvrit.

— Excuse-moi, dit-il sans regarder Sierra. J'ai du travail.

Elle était mariée. Avec Dominic Wolfe.

Si cela n'avait pas été aussi réel, s'il n'avait pas été assis là, à quelques centimètres d'elle — dans un costume dont le prix dépassait sans doute le montant de deux mois de loyer de son minuscule appartement —, cela aurait pu être comique.

Qu'est-ce qu'il lui avait pris ? Pourquoi avait-elle accepté la proposition absurde de Dominic ? Il ne l'aimait pas, Sierra le savait. La plupart du temps, il semblait ne même pas la trouver sympathique.

Excepté au lit.

Au lit, ils étaient fantastiques, tous les deux. Ensemble, ils avaient fait des choses qu'elle n'aurait jamais crues possibles. Surtout avec un homme comme lui.

En dehors du lit, elle craignait fort qu'ils n'aient absolument rien en commun.

Mais bon, Dominic avait admis qu'il se servait d'elle contre son père. Eh bien, elle se servait de lui pour aider Frankie, voilà tout.

Réprimant un soupir, elle regarda les traînées de pluie qui formaient des motifs abstraits sur la vitre.

Mon Dieu, comment allait-elle s'en sortir ?

Sierra tourna brièvement les yeux vers l'homme assis à

côté d'elle sur la banquette en cuir gris anthracite. Tout en lui respirait le luxe, la confiance. Ce n'était pas seulement une question d'argent. Il s'agissait de style, de valeurs, d'approches de la vie — totalement différents des siens.

Comme le restaurant vers lequel ils se dirigeaient. Parce que Dominic ne l'emmenait pas dans un petit restau sympathique, pour un dîner en tête à tête avec papa Wolfe. Ce serait un endroit ultra sélect, fréquenté par des personnalités riches et célèbres.

Et si on ne la laissait pas entrer ?

Elle refoula la panique qui l'envahissait. Bien sûr qu'ils la laisseraient entrer, puisqu'elle serait au bras de Dominic Wolfe. Et s'il y avait le moindre obstacle, son… mari le ferait disparaître comme par magie, en glissant un billet de cinquante dollars dans la poche appropriée.

Ensuite, tout le monde serait prêt à s'incliner devant Sierra. Surtout quand ils sauraient qu'il venait de l'épouser.

Pressentant qu'elle allait se mordiller un ongle — ce qui ne lui était pas arrivé depuis son adolescence —, elle reposa la main sur sa mallette. Pas question ! Surtout devant Dominic. Jamais elle ne lui laisserait soupçonner qu'elle avait tour à tour l'impression que son cœur allait exploser ou cesser de battre, le ventre noué et du mal à respirer.

Ce genre d'aveu ne mène nulle part. Elle l'avait appris dès l'âge de sept ans, grâce à Mariah.

À l'époque, la plus grande terreur de Sierra avait été l'eau depuis que, à quatre ans, elle avait été poussée dans la piscine par Terry Graff. Elle avait *vraiment* cru se noyer, jusqu'au moment où son père était venu la repêcher. Après cette horrible mésaventure, Sierra n'avait plus jamais remis un orteil dans l'eau pendant trois ans.

Lorsque les autres enfants s'amusaient dans le bassin, s'éclaboussant, se poussant et riant, elle restait sur le bord à les regarder. Mais un jour, l'un des gamins avait compris qu'elle avait peur et, au lieu de la laisser tranquille, avait rameuté ses copains. Ils s'y étaient tous mis pour l'entraîner de force. Sierra s'était alors débattue comme un diable en hurlant, ce qui avait alerté Mariah, en train de nager dans le grand bain.

Accourant à la rescousse, celle-ci avait chassé la bande de gamins avant d'entraîner sa sœur, qui tremblait de la tête aux pieds en sanglotant. Puis elle lui avait dit ces paroles qui étaient restées gravées dans la mémoire de Sierra pour toujours : « Ne montre *jamais* que tu as peur. »

Depuis ce jour-là, Sierra faisait de son mieux pour ne jamais laisser entrevoir ses craintes à quiconque. Et ma foi, elle ne se débrouillait pas si mal. En outre, au fur et à mesure qu'elle avait appris à dominer sa peur, Sierra avait découvert que le monde pouvait être merveilleux.

Par conséquent, elle affronterait ce dîner la tête haute et regarderait Douglas Wolfe droit dans les yeux — et sans ciller.

Gustave, le digne maître d'hôtel, en resta muet de stupeur. Ses traits d'habitude impassibles prirent une expression *sidérée* quand il découvrit la compagne de Dominic. Durant une fraction de seconde, il écarquilla les yeux, avant de se ressaisir aussitôt, parvenant même à afficher un air proche de l'indifférence.

*Il avait intérêt*, vu les prix pratiqués au Sabre…, songea Dominic en s'avançant vers lui avec Sierra à son bras.

— Bonsoir, Gustave. Mon père est-il arrivé ?

Le maître d'hôtel esquissa un léger sourire.

— Oui, monsieur Wolfe. Je viens de le conduire à sa table habituelle avec ses invités. J'avais compris que vous seriez quatre convives ?

La question avait été accompagnée d'un imperceptible haussement de sourcils, le regard évitant délibérément Sierra.

— Il y a eu un changement de dernière minute, répondit Dominic d'un ton neutre.

Gustave parut sur le point de protester, puis pinça les lèvres et adressa un petit signe discret à un jeune serveur. Celui-ci vint rapidement le rejoindre, inclina la tête avec déférence devant Dominic et Sierra, puis écouta les ordres — donnés à voix basse — par son supérieur. Le jeune homme stylé contempla un bref instant Sierra d'un air plus étonné que choqué, avant de se diriger d'un pas rapide vers la salle.

— Cela ne prendra que quelques minutes, dit Gustave.

Son regard *effleura* Sierra.

— Madame voudrait peut-être..., commença-t-il en s'adressant à Dominic... laisser son... blouson et...

S'interrompant, il baissa les yeux sur la mallette d'un air quelque peu désapprobateur.

— ... Son... bagage au vestiaire ?

— Non, merci, dit fermement Sierra. Je préfère garder mes affaires avec moi.

Ce fut comme si elle n'avait rien dit. Gustave continua de *le* fixer, attendant sa réponse.

Après un instant de crispation, Dominic se força à se détendre et passa le bras autour des épaules de Sierra.

— Nous allons vous confier la mallette.

Il se tourna vers elle en souriant.

— Elle pourrait gêner le service, tu ne crois pas ?

Sourcils froncés, elle pinça les lèvres, puis acquiesça d'un bref hochement de tête en lui tendant sa précieuse mallette.

— Ma femme gardera son blouson, merci, reprit-il à l'attention de Gustave.

Cette fois, le maître d'hôtel en resta bouche bée.

Passant devant lui, Dominic tendit la mallette à l'employée de vestiaire, empocha le ticket qu'elle lui remit en échange et entraîna Sierra dans la vaste salle de restaurant.

Son père, Tommy Hargrove et une élégante jeune femme blonde ne se trouvaient pas à la table *habituelle*. On les avait relégués derrière un immense palmier en pot, où ils attendaient, l'air mal à l'aise et impatients, tandis que le serveur achevait de dresser un couvert supplémentaire.

Un petit rire étouffé s'échappa des lèvres de Sierra.

— Il y a quelque chose de drôle ? demanda Dominic en se tournant vers elle.

Elle le gratifia d'un sourire éblouissant.

— Oui, le palmier. J'aurais juré qu'il y en aurait un…

Pour que personne ne la voie.

— Qu'ils aillent au diable, murmura-t-il.

Ce qui lui valut un nouveau sourire, aussi éblouissant que le précédent.

Au même instant, Douglas les aperçut et Dominic eut l'immense satisfaction de le voir rester bouche bée, à l'instar de Gustave quelques instants plus tôt. Mais son père avait déjà repris contenance et se levait, le regard dardé sur lui.

— Quelle bonne idée d'avoir amené une invitée, dit-il en souriant.

D'un sourire en totale contradiction avec la lueur de colère vibrant au fond de ses yeux bleus.

— Je ne crois pas avoir déjà eu le plaisir de vous rencontrer, continua-t-il à l'adresse de Sierra.

Lui, au moins, la regardait en face. À vrai dire, son père semblait plutôt concentré sur les cheveux violines, avant qu'il ne baisse les yeux sur le haut moulant orange, le blouson en jean ouvert — sans trahir toutefois le moindre étonnement.

— Si, nous nous sommes déjà rencontrés, en fait, répliqua Sierra d'un ton enjoué en tendant la main à Douglas. Je suis Sierra Kelly, la sœur de Mariah.

Le sourire aux lèvres, elle ajouta avec un brin de malice :

— Et j'étais blonde, le jour du mariage.

— Mais bien sûr ! s'exclama Douglas avec un petit rire artificiel. Je vous reconnais, à présent !

Il se tourna vers Tommy et la blonde qui devait être Viveca.

— Sierra est la petite sœur de la femme de mon fils Rhys !

— La sœur de Mariah, précisa Dominic en souriant. Et ma femme.

Une fois encore, il ne put qu'admirer le sang-froid de son père. En effet, hormis le tressaillement infime qui parcourut sa mâchoire et la soudaine pâleur envahissant brièvement ses traits, rien ne trahit le choc qu'il venait de recevoir.

Au lieu de laisser transparaître sa stupeur — et la rage qu'il ressentait à coup sûr —, il embrassa Sierra sur la joue avant de les présenter tous les deux à Viveca Moore.

Celle-ci ressemblait trait pour trait au portrait dressé par Douglas : blonde, brillante, sophistiquée, et impassible. Le parfait accessoire de luxe.

En résumé : l'exact opposé de celle qu'il avait épousée une heure plus tôt.

Viveca savait-elle pourquoi elle se trouvait là ? se demanda Dominic en contemplant son beau visage maquillé avec soin. Prenant délicatement sa main aux ongles laqués couleur rubis, Douglas dit d'une voix douce qu'ils étaient désolés de n'avoir pu assister au mariage, puis appela le serveur et commanda du champagne.

« Pour fêter l'événement », ajouta-t-il d'un ton jovial.

Seule la lueur dure couvant au fond de ses yeux montrait à quel point il était loin d'éprouver cette prétendue gaieté.

*Du champagne*, songea Dominic avec un léger frisson d'appréhension. C'était cela qui avait provoqué sa chute et celle de Sierra, le soir du mariage de Rhys et Mariah. Qui les avait poussés à se défier l'un l'autre, embrasant le désir qui les consumait tous deux. Qui les avait conduits à filer en douce pour aller se réfugier dans cette chambre d'hôtel où ils avaient assouvi la passion qui les dévorait.

— Je ne sais pas si…, commença-t-il.

— Quelle charmante idée ! l'interrompit joyeusement

Sierra. Tout s'est passé si vite que nous n'avons même pas eu le temps de boire un verre avec nos amis !

Sur ces mots, elle se tourna vers Dominic, les yeux étincelants de défi.

— Eh bien, nous allons rattraper cela ! répliqua Douglas.

Après avoir ponctué ses paroles d'un sourire presque hostile destiné à son fils — et le serveur arrivant avec la bouteille et un seau à glace —, il remplit lui-même les flûtes en cristal avant de les tendre à chacun des convives. Ensuite, il leva la sienne en regardant Sierra, puis Dominic.

— À mon fils, dit-il. Et à sa jeune épouse. Puissiez-vous vivre très très très longtemps ensemble.

S'il avait répété *très* une quatrième fois, Dominic l'aurait étranglé. Par ailleurs, Douglas ne leur avait pas souhaité d'être *heureux* ensemble. Sierra l'avait-elle remarqué aussi ?

Les yeux rieurs, elle toqua sa flûte de champagne à la sienne.

— Puissions-nous vivre longtemps *heureux* ensemble, dit-elle.

Le cristal tinta.

— Félicitations ! s'exclama Tommy Hargrove.

— Nous vous souhaitons beaucoup de bonheur, enchaîna Viveca avec un accent poli et raffiné. N'est-ce pas, Douglas ?

— Mais oui, bien sûr, approuva celui-ci à la hâte.

Il reversa du champagne à chacun, puis regarda son fils.

— Tu ne portes pas un toast à ta femme, Dominic ?

Dominic leva sa flûte, d'abord vers son père, puis sa femme.

— À Sierra, dit-il gravement. Qui a fait de moi le plus heureux des hommes.

C'était censé être une gifle destinée à son père. Mais tout en buvant l'excellent champagne millésimé, il comprit que d'une certaine façon ses paroles avaient été sincères.

L'espace de leur folle nuit, Sierra l'avait rendu plus heureux qu'il ne l'avait jamais été de toute sa vie. Avec elle, il s'était senti jeune, vivant, ardent et passionné. Grâce à elle, il avait oublié les fusions et rachats d'entreprises, les bilans et le stress quotidien auquel il était soumis. Elle l'avait fait rire, l'avait taquiné, ils avaient lutté dans un corps-à-corps sauvage, torride, nus et aussi affamés l'un que l'autre. Avant de reposer enlacés, assouvis et… heureux.

Oui, *heureux.*

Après tout, c'était pour cette raison qu'il lui avait demandé de l'épouser. Mais il n'était pas stupide au point d'espérer que cette béatitude puisse durer éternellement.

En dehors de la chambre, ils n'avaient rien en commun. Au lit, ils avaient partagé le bonheur parfait. Cette nuit-là, en tout cas.

— À Sierra, répéta-t-il d'une voix ferme. Ma femme.

Ils portèrent leurs flûtes à leurs lèvres en se regardant dans les yeux. Les siens ne riaient plus, remarqua Dominic. Ils brillaient, comme si elle retenait ses larmes. Mais c'était ridicule. Sierra ne pleurait jamais ! La sentimentalité n'était pas son genre.

— Je propose moi aussi un toast, dit soudain Tommy.

Tout le monde tourna les yeux vers l'homme aux cheveux blancs qui soulevait sa flûte en fixant Dominic.

— Vous vous êtes mariés sur un coup de tête, n'est-ce pas ?

Dominic se raidit, mais Sierra enlaça ses doigts aux siens en souriant.

— Oui. On peut même parler de coup de foudre.

— Ah…, fit Tommy avec un sourire extatique.

Douglas foudroya son fils du regard. Mais Tommy ne sembla pas s'en apercevoir.

— C'est bien ce que je pensais, poursuivit-il en levant sa flûte d'un cran supplémentaire. Exactement comme Bernice et moi.

Un sourire doux et triste passa sur ses lèvres.

— Parfois, les meilleures choses arrivent au moment où l'on s'y attend le moins ! Bernice — qu'elle repose en paix — et moi, nous sommes enfuis tous les deux, alors que nous nous connaissions depuis moins d'une semaine.

Les yeux brillants, il s'interrompit un instant.

— Cinquante-trois années, murmura-t-il. Nous avons été mariés pendant cinquante-trois ans. Les meilleures années dont un homme puisse rêver.

Sa flûte tremblant légèrement entre ses doigts, il inspira profondément et se ressaisit.

Dominic le connaissait depuis toujours. Il avait également bien connu Bernice, décédée un an plus tôt. Mais il ne les avait jamais imaginés jeunes et impulsifs. Même à un âge avancé, Tommy n'avait rien perdu de sa détermination. C'était un homme d'affaires coriace et opiniâtre. Quant à Bernice, elle avait été l'image parfaite de l'épouse dévouée, toujours prête à sourire ou à dire un mot gentil.

Avec le recul, Dominic comprit que la plupart de ces sourires avaient été destinés à Tommy.

— Aux surprises de la vie ! reprit celui-ci avec chaleur.

Puis il toqua tour à tour sa flûte à celle de Sierra et à la sienne.

— Merci, dit-elle, avant de se tourner vers Dominic.

Leurs flûtes s'entrechoquèrent, tandis qu'elle enchaînait, le menton haut :

— À nous ! Et aux cinquante-trois années à venir.

Installée à l'arrière du taxi à côté de Dominic, Sierra serra sa mallette contre elle en fermant les yeux. Elle l'entendit vaguement s'adresser au chauffeur, qui démarra.

Elle garda les yeux clos, s'attendant à ce que Dominic lui parle, mais il n'en fit rien.

Peut-être était-il aussi fatigué qu'elle. Jouer la comédie l'avait toujours exténuée, mais cette soirée s'était avérée particulièrement éreintante. D'autant que Sierra n'y avait pas été préparée. Elle avait dû improviser, en permanence.

Et elle s'en était bien sortie, finalement. Mais dans un état d'épuisement total.

À présent, elle ne désirait plus qu'une chose : rentrer chez elle et dormir.

Elle n'ouvrit les yeux que lorsque le véhicule s'arrêta.

— Nous sommes arrivés, dit Dominic.

Se redressant sur la banquette, elle battit des paupières.

— Où sommes-nous ? Ce n'est pas mon immeuble !

Après avoir tendu de l'argent au chauffeur, Dominic ouvrit sa portière.

— Évidemment : nous sommes devant chez moi. Viens.

— Je n'irai pas chez toi ! riposta-t-elle sans bouger d'un centimètre.

Une fois descendu de voiture, il se pencha vers elle, l'air furieux.

— Comment cela, tu n'iras pas chez moi ?

— Non, je n'irai pas, point final. Je n'ai jamais accepté…

— Tu as accepté de m'épouser, coupa-t-il d'une voix glaciale. Et tu m'as épousé.

— Je sais, mais…

— Qui dit mariage dit cohabitation, l'interrompit-il de nouveau, les mâchoires crispées.

— Pas… Pas nécessairement.

Sierra croisa fermement les bras.

— Je ne descends pas ici, dit-elle au chauffeur. Conduisez-moi à Manhattan, s'il vous plaît.

— Pas question ! s'exclama Dominic, l'air indigné.

Sans se préoccuper de lui, elle indiqua son adresse au chauffeur, qui redémarra le compteur, avant de se tourner vers Dominic.

— Il faudrait que vous fermiez la portière, monsieur.

— Non. Madame descend *ici* !

— Non, madame rentre chez elle, riposta Sierra aussi sec. Démarrez, s'il vous plaît.

— Non ! ordonna Dominic en gardant résolument la portière ouverte.

Le chauffeur les regarda l'un après l'autre, visiblement ennuyé.

— Hé, je travaille, moi…

— Alors, démarrez, pour l'amour du ciel ! s'écria Sierra.

— Non !

— Vous pourriez peut-être régler ça ailleurs que dans mon taxi ? se plaignit l'homme en se retournant de nouveau.

— Exactement, approuva Dominic.

— Non ! rétorqua Sierra d'une voix ferme.

Ils se foudroyèrent du regard.

— S'il vous plaît ! gémit le pauvre chauffeur.

Serrant sa mallette dans ses bras, Sierra regarda droit devant elle d'un air buté. Tant et si bien que Dominic finit par s'engouffrer de nouveau à l'intérieur du taxi avant de claquer la portière.

— Très bien, allons chez toi. Nous passerons la nuit là-bas.

Après l'avoir refermée d'une main ferme derrière lui, Dominic s'adossa à la porte de l'appartement, les bras croisés.

— Tu ne peux pas rester ici ! répéta Sierra sans se retourner.

Il se força à contrôler son souffle. S'il avait du mal à respirer, ce n'était cependant pas à cause des trois étages montés à pied. C'était parce qu'il avait le tournis, à force de fixer les fesses rondes à peine recouvertes de la minijupe en jean, et les longues jambes galbées qui, bien que dissimulées sous le collant à rayures noires et rose fuchsia, lui rappelaient des souvenirs vivaces.

— Tu as refusé d'aller chez moi, rappela-t-il à Sierra qui continuait de lui tourner obstinément le dos.

— En effet. Mais je ne t'ai pas non plus invité à venir *chez moi*, riposta-t-elle.

Après avoir posé sa mallette sur une chaise, elle se retourna enfin pour le foudroyer du regard.

— Je n'avais pas le choix, puisque je tenais à passer ma nuit de noces avec mon épouse, répliqua-t-il en souriant.

Elle balaya la pièce minuscule du regard.

— Tu vois bien que c'est impossible ! Il n'y a pas assez de place !

— Dans ce cas, il fallait accepter de monter chez moi, dit-il tranquillement.

— Et puis quoi encore ? explosa-t-elle, les poings sur les hanches. Je suis allé dîner avec toi ; j'ai choqué ton père pour te faire plaisir ; grâce à moi, tu n'épouseras pas Viveca. Qu'est-ce qu'il te faut de plus, pour l'amour du ciel ?

— Les cinquante-trois ans annoncés.

— *Quoi* ?

Dominic se passa la main dans les cheveux, puis s'écarta de la porte. Il aurait voulu bouger, marcher, mais l'endroit était décidément trop exigu.

— Non, rien. Oublie. Mais c'est toi qui l'as dit.

— C'est Tommy.

— Il a porté un toast aux « surprises de la vie », et toi tu…

— Tu aurais préféré que je dise : « oh ! nous, nous visons plutôt six mois » ? Ton père nous aurait *vraiment* pris au sérieux !

— Et comment veux-tu qu'il nous prenne au sérieux si tu ne viens pas t'installer chez moi ?

Elle referma les bras sur son buste.

— Il n'a pas besoin de savoir que nous n'habitons pas sous le même toit.

— Mais il le saura ! Je le connais : il a dû faire suivre notre taxi. Je suis même surpris qu'il n'ait pas demandé à voir notre licence de mariage.

En réalité, Douglas ne se serait jamais abaissé à faire une chose pareille. Enfin, pas en public. Il ne reconnaîtrait jamais que son fils ait pu le doubler.

— Il s'attend évidemment à ce que nous passions la nuit ensemble, poursuivit Dominic. Donc je reste.

Sur ces mots, il commença à desserrer sa cravate.

— Arrête tout de suite !

— Pardon ?

— Je t'interdis de te déshabiller !

— Tu m'as déjà vu sans cravate, répliqua-t-il d'un ton moqueur en ôtant celle-ci.

Il la laissa tomber négligemment sur la mallette, puis entreprit de déboutonner sa chemise.

— Tu t'étais montrée très inventive, avec cette cravate — tu te souviens ?

— C'était différent, à ce moment-là ! se récria-t-elle, les joues cramoisies.

— En effet, acquiesça Dominic en haussant un sourcil. Maintenant, nous sommes mari et femme. Tu fais l'amour uniquement avec des célibataires ?

— Je n'ai jamais couché avec un homme marié !

— C'est permis, tu sais… — et même recommandé, quand il s'agit de son propre époux.

Après avoir ôté sa chemise, il la posa sur le dossier de la chaise, sous le regard craintif de Sierra. Soudain, elle lui fit penser à un faon effarouché… *Sierra* ! Qui l'eût cru ?

Quand il referma les doigts sur sa boucle de ceinture, elle le regarda faire en retenant son souffle.

— Ne me dis pas que ce n'est pas pour ça que tu as dit *oui* ? demanda-t-il, un peu agacé par son attitude.

Elle battit rapidement des cils, déglutit.

— Seulement en partie.

— Oui, bien sûr, répliqua-t-il en se raidissant. N'oublions pas le *petit* bonus dont tu as bénéficié.

— L'argent n'a rien à voir avec ma décision ! protesta-t-elle, l'air offusqué. Enfin, presque rien.

Qu'avait-elle l'intention de faire des cinq cent mille

dollars ? se demanda Dominic. Mais peu importait, au fond. Il s'en fichait même complètement.

— OK. Pourquoi lutter contre ton désir, alors ? Il est aussi puissant que le mien, ne dis pas le contraire. À moins que tu ne te limites aux aventures sans lendemain ?

— Bien sûr que non !

— Tu es peut-être une dégonflée, alors.

Un éclair fusa dans les yeux noisette.

— Moi ? Certainement pas !

— OK. Prouve-le.

Durant un long moment, elle resta immobile. Puis quelque chose vacilla dans son regard. Une lueur de défi y scintilla, sa belle bouche pulpeuse remonta aux coins... Le cœur battant à tout rompre, le pouls vibrant à ses tempes, Dominic la regarda tendre la main vers la cravate, la saisir...

Et lorsque, la faisant glisser entre ses mains, elle s'avança vers lui, il crut que son cœur allait jaillir de sa poitrine.

— Je me rappelle très bien ce que j'ai fait avec cette cravate, murmura-t-elle en s'arrêtant à quelques centimètres de lui. Et je suis ravie que tu t'en souviennes aussi.

Ils auraient dû aller chez lui. Parce que le lit de Dominic était sans aucun doute moins spartiate que son futon une place.

Mais tant pis, songea Sierra en lui passant lentement la cravate autour du cou. La seule chose qui comptait, c'était que l'alchimie insensée — qui avait frémi entre eux dès leur toute première rencontre — palpitait avec autant d'intensité que dans cette chambre anonyme du motel du Kansas.

Doucement, elle tira sur la cravate pour attirer Dominic vers elle. Il était maintenant si proche qu'elle sentait sa chaleur virile se propager en elle. Rapprochant son visage de son torse musclé, elle effleura un mamelon plat du bout de la langue.

Une plainte franchit les lèvres de Dominic. Puis il la prit fermement dans ses bras, la forçant à redresser la tête.

Sans plus attendre, Sierra referma les mains sur son dos musclé et lui offrit ses lèvres.

Elle avait embrassé des hommes avant lui, bien sûr. Mais jamais elle n'avait ressenti une telle passion, une telle ardeur contenue dans un baiser. Embrasser Dominic était une expérience fabuleuse. Unique.

Trois mois plus tôt, il avait suffi d'un baiser pour les faire basculer. Un baiser affamé, presque sauvage, la porte de la chambre à peine refermée. Dans leur hâte d'assouvir le désir qui les consumait tous deux, ils s'étaient littéralement arraché leurs vêtements l'un l'autre.

Mais après la jouissance, leur soif n'avait pas été apaisée.

Ils étaient restés immobiles et enlacés avant de s'écarter l'un de l'autre. Mais quelques instants plus tard, leurs corps nus se mêlaient de nouveau.

D'un accord tacite, ils avaient fait l'amour toute la nuit, comme pour aller jusqu'au bout de leur désir. Ils avaient pensé se séparer au petit matin et repartir chacun de leur côté, sans regrets.

Dans l'avion qui les ramenait à New York le lendemain, Dominic en première classe et elle en classe économique, Sierra avait été déterminée à oublier cette folle nuit de passion.

Mais les souvenirs étaient vite revenus l'assaillir. Ainsi que le désir. Jour et nuit. À chaque instant. Parfois au moment où elle s'y attendait le moins : en mangeant des spaghettis, par exemple. Ou en se brossant les cheveux. Ou encore quand, voyant un homme en smoking sortir d'un taxi à Broadway et le prenant pour Dominic, elle courait presque pour vérifier si c'était bien lui.

Elle rêvait de lui. Tout en se répétant qu'il ne chercherait jamais à la revoir.

Et pourtant, il était là. Chez elle. Allongé sur son futon.

Soudain, il la fit basculer sur le dos puis, les doigts tremblants, commença à dégrafer son blouson avant de pousser un juron entre ses dents.

— Laisse-moi t'aider, chuchota-t-elle en posant la main sur la sienne.

— Non ! répliqua-t-il, les yeux étincelants. Je veux le faire.

Une fois arrivé au bout de ses peines, il fit glisser le blouson sur les bras de Sierra et le balança sur le plancher. Alors qu'elle croyait qu'il allait ensuite lui ôter son haut, il se redressa, s'assit à côté du futon et la regarda. Ou plutôt, la *dévora* littéralement des yeux.

— Arrête, murmura Sierra en tirant de nouveau sur la cravate toujours passée autour du cou de Dominic.

Afin de reprendre le contrôle, au lieu d'être exposée au regard brûlant de son amant. De son *mari*.

Mais celui-ci se contenta de secouer la tête, avant d'effleurer ses seins sous ses doigts. Se penchant, il passa le bout de la langue sur un mamelon pointant sous l'étoffe, en une caresse à la fois ténue et d'un érotisme inouï.

Quand un violent frisson parcourut Sierra, il se redressa et sourit, puis fit remonter le haut sur son buste avec une lenteur délibérée, provocante, avant de l'envoyer rejoindre le blouson.

Ensuite, il caressa ses seins nus avec ses grandes mains chaudes. Les cajola, en titilla les pointes gonflées…

— Dominic…, gémit-elle.

— Oui ?

Sa voix enivra Sierra. C'était aussi fabuleux que la première fois. Dans la chambre impersonnelle du Kansas, lorsqu'il l'avait contemplée longuement en silence avant d'explorer son corps avec ses mains, sa bouche. Et lorsqu'il l'avait enfin pénétrée, Sierra avait eu l'impression de monter tout droit au septième ciel.

Elle était restée éveillée des nuits entières en essayant de recréer mentalement ces instants merveilleux. Sans jamais parvenir à en retrouver l'intensité.

Et maintenant, Dominic penchait de nouveau la tête et lui embrassait les seins, tandis qu'elle faisait glisser la cravate sur les puissantes épaules, d'un côté, de l'autre... En même temps, les lèvres expertes descendaient sur son ventre.

Laissant la cravate sur ses épaules, elle lui caressa le dos et sourit en sentant la peau lisse et chaude frémir sous ses doigts. Lorsqu'elle atteignit la ceinture du pantalon, Dominic fit descendre la jupe en jean sur ses hanches. Chaussures, pantalon, chaussettes et collant la suivirent bientôt, atterrissant pêle-mêle sur le plancher.

À présent, ils étaient pratiquement nus. Dominic la débarrassa de sa culotte. Un instant plus tard, la bouche experte effleurait le cœur de son intimité... Fermant les yeux, Sierra enfouit les doigts dans les cheveux épais et doux.

— Tu aimes ça ? demanda-t-il d'une voix rauque.

— Non, murmura-t-elle. Je déteste.

Il rit. D'un rire lent, moqueur. Et lorsqu'il l'embrassa à l'endroit même où palpitait son désir, puis la caressa avec ses lèvres, sa langue, Sierra reprit la cravate et la lui fit glisser sur le dos, les reins, entre les cuisses...

Un halètement échappa à Dominic. Elle en sentit le souffle sur son sexe.

— Tu aimes ça ? chuchota-t-elle.

Il se redressa au-dessus d'elle, les yeux luisant d'un éclat sauvage

— Petite coquine..., murmura-t-il.

Lentement, elle fit passer la cravate sur la puissante érection, l'enroula autour du membre excité...

— Sierra !

Ce fut à son tour de rire doucement. D'un rire de gorge qui se transforma en halètement lorsque la bouche de Dominic la prit par surprise.

Ils luttèrent, roulèrent ensemble sur le futon, dans un corps-à-corps d'un érotisme insensé. Puis, lorsque Sierra crut qu'elle allait jouir avant même que Dominic la prenne, il lui écarta les jambes et s'enfonça en elle.

Elle l'accueillit en gémissant. Son corps s'adoucit, fondit. Et lorsque Dominic donna un puissant coup de reins, elle sentit qu'il avait du mal à ne pas céder à la jouissance. De son côté, elle était prête à s'envoler dans l'extase.

— Qu'est-ce que tu attends ? demanda-t-elle dans un souffle. Viens… Maintenant…

Une lueur vif-argent traversa les yeux bleus. Il se retira à peine, puis la pénétra, au plus profond.

Sierra souleva les hanches, enfonça les ongles dans ses reins. Son corps s'accordait parfaitement à celui de Dominic. L'harmonie était totale.

Après deux nouveaux coups de reins vigoureux, il murmura en fermant les yeux :

— Je ne peux…

— Chut…, l'interrompit-elle. Laisse-toi aller… Viens…

Ils jouirent ensemble. Ils haletèrent, gémirent à l'unisson tandis que les vagues les soulevaient, encore et encore.

Ce fut aussi fou, aussi incroyable que la première fois.

*Mais peut-on fonder un mariage sur de la pure fusion charnelle, aussi sublime soit-elle ?* s'interrogea Sierra en redescendant sur terre.

# 3.

Dominic se réveilla et sentit un corps doux et chaud blotti contre lui. Dans ses bras.

Il se raidit d'instinct. Il ne passait *jamais* la nuit avec une femme !

Soulevant les paupières, il vit les cheveux violines et ressentit un véritable choc, tandis que les événements de la veille lui revenaient à l'esprit.

Son père. Viveca. L'ultimatum.

Son mariage. Avec Sierra.

Seigneur… Il avait épousé Sierra Kelly. Il avait fait l'amour avec elle ! Immobile, il tenta de réfléchir, sans beaucoup de succès. Avec elle nichée ainsi dans ses bras, c'était une véritable épreuve de force.

D'autant que, soupirant dans son sommeil, elle se pressait encore davantage contre lui et passait une jambe par-dessus la sienne. Sa cuisse effleura son membre viril, qui frémit aussitôt. Ensuite, elle glissa un pied entre les genoux de Dominic, le laissa descendre sur son mollet, remonta…

Il retint son souffle. Il était habitué aux manifestations matinales de sa libido, mais pas à bander au point que son érection en devenait douloureuse.

Bon sang, il brûlait de refaire l'amour. Maintenant.

Mais à quoi bon paniquer ? Il s'agissait d'un désir *purement* physique. Alors, pourquoi ne pas y céder ?

Dominic jeta un bref coup d'œil au réveil posé sur la

commode. Pas question ! Il était déjà 7 h 10 ! Il devait se lever et partir. Tout de suite. Avant que Sierra ne se réveille.

Tout doucement, il commença à s'écarter d'elle. Il osait à peine respirer ! Mais plus il cherchait à se dégager, plus elle s'accrochait à lui. Et le pire, c'était qu'il aimait cela. Il *adorait* la sensation de son corps souple collé au sien.

Néanmoins, il résista au désir de l'éveiller d'un baiser et, centimètre par centimètre, réussit à reculer sur le futon. Son talon atteignant le plancher, Dominic fit un dernier effort, tout en douceur, se redressa et se leva sans faire de bruit.

Endormie, elle avait l'air étrangement vulnérable, constata-t-il en la regardant. Les longs cheveux violines renforçaient encore l'innocence émanant des traits délicats.

Innocente ? Sierra ? Certainement pas ! Mais c'était toutefois l'impression qui se dégageait d'elle, à cet instant.

Le désir de se rallonger à côté d'elle, de lui faire l'amour, fut si puissant qu'il faillit y succomber. Faillit seulement car ce matin, il fonctionnait en mode rationnel. Il *contrôlait* la situation.

Et il avait des choses bien plus importantes à faire que de s'adonner aux plaisirs de la chair !

Quand elle ouvrit les yeux, Sierra vit Dominic debout devant le miroir fixé à la porte de l'armoire-penderie, en train de nouer sa cravate.

— Oh…, murmura-t-elle.

Des images torrides défilèrent dans son esprit, provenant en partie de ses rêves et de ce qui s'était *réellement* passé au cours de la nuit — notamment la façon dont elle s'était servie de cette même cravate…

— Bonjour, dit-il en resserrant le nœud de celle-ci.

Il ponctua son *bonjour* d'un bref sourire adressé au miroir.

— Bonjour, répliqua-t-elle d'une voix rauque en remontant la couette sur ses seins.

Toujours sans se retourner, Dominic saisit sa veste et l'enfila d'un geste rapide.

— Il faut que j'y aille, dit-il. Sinon, je vais être en retard.

Sierra tourna les yeux vers le réveil.

— Il est à peine 7 h 30.

— Oui, mais j'ai un rendez-vous à 9 heures et je dois d'abord passer chez moi pour me raser et me changer.

S'emparant de son attaché-case, il se dirigea vers la porte.

— Salut.

— Euh… Salut…

Elle se redressa en serrant la couette contre elle.

— Dominic ?

Cette fois, elle eut droit à un regard par-dessus l'épaule.

— Qu'est-ce qu'il y a ? demanda-t-il avec impatience.

Maintenant qu'il avait pris du bon temps avec elle, il semblait ne plus se soucier du fait qu'ils étaient mariés ! Très bien, si c'était comme ça qu'il voyait les choses…

— Rien, dit-elle d'un ton froid. Au revoir.

— Au revoir.

La porte se referma sur lui. Avant de se rouvrir une seconde plus tard.

— Qu'est-ce qu'il y a ? demanda-t-elle à son tour.

Dominic la regarda, les yeux brûlants.

— À ce soir. Chez moi.

Puis il disparut en claquant la porte.

Sans se préoccuper de son avis ! Sierra rageait encore quand elle sortit de la douche. Elle pestait toujours en se coiffant, un quart d'heure plus tard. Sans doute n'aurait-elle pas dû s'attendre à autre chose de la part de Dominic Wolfe. Ils ne s'étaient pas vraiment mariés par amour !

Qu'auraient-ils pu partager, hormis le sexe ?

Désirait-elle partager autre chose avec lui ? Son époux ?

Autrefois, elle rêvait de se marier et d'avoir des enfants. Adolescente, elle ne nourrissait pas de projets de carrière comme sa sœur aînée. N'ayant jamais été une élève modèle,

Sierra ne se voyait pas poursuivre ses études. Aussi envisageait-elle de fonder une famille et de se consacrer aux siens. Sauf qu'elle n'avait pas du tout envie d'épouser Skip Grimes, le seul petit ami qu'elle ait eu à l'époque. Enfin, si on pouvait appeler cela un petit ami…

Et comme de toute façon, Skip ne souhaitait pas non plus se marier avec elle, Sierra s'était retrouvée dans une sorte de vide en quittant le lycée, avec son examen de fin d'études en poche.

C'était sa tante Kathy qui avait résolu le problème en lui suggérant d'apprendre le métier de coiffeuse.

« Cela te permettra de trouver du travail, de gagner ta vie et peut-être d'ouvrir ton propre salon un jour, avait dit la sœur benjamine de sa mère. Et peut-être même d'aller t'installer à Kansas City, qui sait ? »

N'ayant jamais quitté la maison familiale, Sierra avait vu s'ouvrir des perspectives insoupçonnées. En outre, ses études de coiffure s'étaient avérées très intéressantes et très utiles. Si bien qu'elle avait vraiment commencé à croire qu'après avoir mis suffisamment d'argent de côté elle pourrait partir pour Kansas City et rencontrer là-bas l'homme de sa vie.

Tout s'était passé exactement comme elle l'avait espéré. À un détail près : à Kansas City, elle n'avait rencontré personne qui lui fasse plus d'effet que Skip Grimes. Par conséquent, lorsque trois ans plus tard, Mariah avait décroché un poste de rédactrice dans un magazine féminin basé à New York, Sierra l'avait suivie.

Très vite, elle s'était fait embaucher dans un salon branché — elle et sa sœur partageant un minuscule appartement dans un immeuble situé à Manhattan, à proximité du Village. Toutes deux avaient d'emblée été fascinées par New York. Après avoir passé quelques mois au magazine, où ses talents de rédactrice étaient très appréciés, Mariah avait décidé de travailler en free-lance et ses services avaient vite été très recherchés.

Quant à Sierra, elle avait de son côté trouvé le moyen d'exploiter ses talents. Très douée pour la coupe et la coiffure, elle avait développé un don naturel pour le visagisme. Elle adorait aider les gens à se mettre en valeur et à tirer le meilleur parti de leur physique. D'autre part, elle n'avait pas peur de proposer des changements radicaux : en matière de teinte, de longueur, de style. Et les résultats obtenus étaient spectaculaires.

À tel point que sa patronne lui avait proposé un jour de l'envoyer en stage à Paris, dans un salon réputé.

Surprise et ravie, Sierra avait accepté. Jamais elle n'aurait rêvé d'aller à Paris dans d'aussi bonnes conditions. Par ailleurs, elle brûlait de travailler auprès de maîtres dont on parlait beaucoup dans le milieu.

Elle avait passé un an là-bas, appris tout ce qu'elle pouvait apprendre concernant son métier, était sortie avec une dizaine de Français très charmants, mais sans jamais trouver mieux que Skip.

Néanmoins, c'était en France qu'elle avait rencontré Finn MacCauley, alors qu'il faisait des prises de vue sur la côte d'Azur pour une maison de haute couture parisienne et que Sierra était l'une des trois coiffeuses chargées de s'occuper des mannequins.

Perfectionniste et volontiers méprisant envers qui ne partageait pas son souci du détail, aussi incisif en français qu'en anglo-américain, Finn faisait régulièrement craquer coiffeuses, maquilleuses, retoucheuses, et mannequins.

Seule Sierra était restée indemne. Les exigences et les vociférations du photographe ne la troublaient pas le moins du monde. Elle demeurait impassible, attendant qu'il se calme. Ensuite, elle faisait ce qu'il voulait, si bien qu'ils s'entendaient à merveille.

À la fin de la semaine, il lui avait demandé de lui faire signe quand elle serait de retour à New York.

Ce que Sierra avait fait, pour s'entendre proposer de travailler avec lui. Elle avait consenti avec enthousiasme et depuis, sa réputation n'avait cessé de s'étendre. Non seulement à cause de ses talents de coiffeuse-visagiste, mais aussi pour sa capacité à garder son calme en toutes circonstances — avec les photographes les plus capricieux, les agents les plus redoutables, les clients lunatiques, et les mannequins aux humeurs parfois volatiles.

Sierra était même très demandée, autant sur le plan professionnel que personnel. Des hommes superbes l'invitaient à sortir avec eux. Elle acceptait, toujours dans l'espoir de rencontrer la perle rare. Mais sans jamais la trouver. Si bien qu'elle avait fini par cesser d'y penser, ayant appris à se contenter de son métier, qu'elle adorait, de sa vie, des amitiés qu'elle avait nouées au fil du temps — et à passer de bons moments avec des compagnons charmants, l'espace d'un soir.

Jusqu'au jour où Dominic Wolfe était apparu dans son existence. Avec lui, Sierra avait découvert des sensations qu'aucun autre homme n'avait eu le pouvoir de faire naître en elle. Il lui suffisait de le voir pour avoir le cœur en émoi, l'esprit en ébullition et le corps en feu.

Pourquoi lui ? Qu'avait-il de plus que les autres ?

Elle avait essayé de résister à l'attirance qui vibrait entre eux. Après ce fameux jour où elle était allée le voir à son bureau pour qu'il lui dise où se trouvait Rhys, elle avait tout fait pour l'éviter. Et lorsque cela avait été impossible, comme lors de la fête organisée par Mariah pour fêter la naissance à venir des jumeaux, Sierra avait décidé de ne pas lui accorder le moindre regard.

Ou du moins avait-elle essayé.

Mais le jour du mariage de Mariah et Rhys, elle avait eu beau faire de son mieux pour ne pas se retrouver avec le frère du mari de sa sœur, l'inévitable s'était produit. Ils avaient été obligés de danser ensemble, Dominic étant le témoin de Rhys et Sierra la demoiselle d'honneur de Mariah.

Et bien sûr, ils avaient bu du champagne. Puis dansé de nouveau ensemble. En se regardant dans les yeux.

Résultat : ils avaient atterri dans cette chambre de motel, bien déterminés à se débarrasser une fois pour toutes de ce désir infernal qui les consumait tous les deux.

Cela n'avait pas fonctionné pour Sierra. Ni pour Dominic, manifestement.

Et maintenant, ils étaient mariés. Pour le meilleur et pour le pire.

— Au lit et en dehors du lit, marmonna-t-elle à voix haute.

Cependant, tout au fond d'elle-même, elle demeurait convaincue d'avoir pris la bonne décision. Elle devrait seulement faire en sorte que Dominic partage son avis.

En attendant, elle avait un cadeau pour sa voisine et amie.

Pam contempla le chèque qu'elle lui tendait, les yeux écarquillés. Puis elle battit des paupières et le regarda de nouveau.

— Ce n'est pas un vrai, dit-elle, le visage livide. C'est impossible.

Quand elle prit le rectangle de papier, ses doigts tremblaient si fort qu'elle faillit le laisser tomber.

— Si, c'est un vrai, répliqua Sierra. Et l'argent doit être déjà sur mon compte. Mais il est pour toi — pour la greffe de Frankie.

— Tu plaisantes ! lança son amie d'un ton vif.

Puis elle leva les yeux et la dévisagea avec stupeur.

— Non, tu es sérieuse..., murmura-t-elle. Mon Dieu...

Se rendant soudain compte que cette conversation surréaliste se déroulait sur le pas de sa porte, elle prit Sierra par le bras et l'attira à l'intérieur.

— Comment as-tu…

Elle examina de nouveau le chèque en plissant le front.

— Qui est ce Dominic Wolfe ? Et pourquoi t'a-t-il prêté cet argent ?

— Il ne me l'a pas prêté ; il me l'a donné.

— *Donné* ? Pourquoi ? En échange de quoi ? demanda Pam, d'une voix anxieuse. Qu'est-ce qu'il va te faire ?

— Rien ! Rien que je ne souhaite pas, n'aie pas peur ! corrigea-t-elle à la hâte. Tout va bien, je t'assure. Nous… avons conclu un marché.

— Quel genre de marché ?

— Je l'ai épousé, répondit Sierra en haussant les épaules.

Pam entrouvrit les lèvres, mais aucun son ne les franchit. L'air horrifié, elle secoua la tête et tendit vivement le chèque à Sierra, qui croisa les mains derrière son dos.

— Tu ne feras pas ça ! Jamais, tu m'entends ? Non, je ne te laisserai pas faire une chose pareille. Pas même pour Frankie.

— Pam, commença gentiment Sierra. C'est fait. Nous *sommes* mariés.

Son amie serra le chèque entre ses doigts, sans se soucier de le froisser.

— Oh ! Sierra ! murmura-t-elle, les yeux embués de larmes. Comment as-tu pu faire ça ?

— Pourquoi pas ? répliqua Sierra en souriant.

Pour Frankie, elle aurait fait bien pire que se marier avec Dominic. En outre, elle se sentait de plus en plus heureuse de l'avoir épousé.

— Et arrête d'écrabouiller ce chèque ! C'est un vrai, Pam ! Nous irons le déposer ensemble à la banque, d'accord ?

Pam la regarda un instant en silence, l'air éberlué, puis finit par hocher la tête.

— Tu es sûre de toi, Sierra ?

— Certaine.

Cette fois, les larmes roulèrent sur les joues de son amie, puis elle prit Sierra dans ses bras.

— Je n'arrive pas à y croire…, murmura-t-elle. J'ai prié pour qu'un miracle se produise, je me répétais que si j'y croyais vraiment, mes souhaits seraient exaucés… Mais je ne me serais jamais attendue à ce que ce soit toi qui le produises, ce miracle !

Sierra la repoussa doucement.

— Eh bien, tu peux y croire, maintenant ! Oui, c'est mon miracle, et j'en suis fière.

— Qui est-ce ?

— Le frère de mon beau-frère.

Pam écarquilla les yeux.

— Ce n'est pas de l'inceste ! protesta Sierra.

— Non, je sais ! Je… Je suis… surprise, c'est tout. Mais, rassure-moi : il ne s'agit pas du beau-frère dont tu m'as parlé, au moins ? Ce type arrogant que tu trouvais insupportable ?

— Euh… Eh bien, il a une ou deux qualités qui compensent le reste, finit-elle par murmurer, les joues en feu. Et puis, c'est lui qui l'a proposé.

— Ah oui… Il est venu te voir hier et t'a demandé si tu voulais bien l'épouser, c'est ça ?

— Oui. C'est exactement ce qui s'est passé.

— Pourquoi ? demanda Pam en plissant les yeux.

— Peut-être parce qu'il est fou amoureux de moi ?

La plaisanterie échappa à Pam, qui parut soudain immensément soulagée.

— Tu es *vraiment* sûre de toi ? insista-t-elle néanmoins.

— Mais oui ! mentit Sierra d'un ton brusque. Maintenant, je file travailler, mais je reviendrai te chercher à l'heure du déjeuner pour aller à la banque. Frankie est réveillé ?

— Oui. Va l'embrasser, il sera content de te voir. Tu lui as manqué, hier soir.

Sierra se frappa le front avec la paume.

— *Star Trek* ! Zut, j'ai oublié.

Deux fois par semaine, Frankie, Pam et elle regardaient de vieux épisodes de *Star Trek*.

— Nous avons dû aller dîner avec son père, expliqua-t-elle. Je vais essayer de ne pas rater le prochain épisode. Range ce chèque avant de le bousiller, Pam ! Je vais dire bonjour à ton fils.

Trois ans plus tôt, Frankie avait été un petit garçon bouillonnant d'énergie. Les cheveux éternellement ébouriffés, ses yeux bleus luisant d'excitation et d'enthousiasme, il passait chaque jour chez Sierra pour lui raconter ses dernières aventures.

Depuis un an et demi, ses exploits avaient pris un tour moins physique. Il avait commencé à rester à la maison, fréquentant de moins en moins l'école. Mais il s'était inventé un nouvel univers tout aussi passionnant en créant des personnages vivant les aventures dont lui-même était désormais privé. Il écrivait les histoires sur son ordinateur, les imprimait et les illustrait. Frankie avait hérité des talents de sa mère.

Ce matin-là, Sierra le trouva déjà installé à son bureau, alors qu'il était à peine 8 heures. Encore en pyjama, il était penché au-dessus d'une grande feuille de papier, en pleine concentration.

L'entendant approcher, il tourna la tête et lui sourit jusqu'aux oreilles.

— Bonjour, Sierra ! Viens voir ! Je suis en train de dessiner les plans de la maison dans les arbres la plus incroyable et la plus *énorme* qui ait jamais existé ! Avec une terrasse, un home cinéma et un escalier flottant.

Car non seulement Frankie créait des personnages fabuleux, mais ceux-ci évoluaient dans des habitations inouïes — dont les plans détaillés étaient dessinés avec une précision et un luxe de détails époustouflants —, le tout formant un univers souvent plus fascinant que les aventures des héros elles-mêmes.

— Waouh ! s'exclama-t-elle en se penchant pour examiner le nouveau projet. J'aimerais bien vivre dans une maison comme ça !

— Elle est super, hein ? J'en dessinerai une pour toi, un jour. Une vraie. Quand je serai architecte.

Devenir architecte était le rêve de Frankie. La première fois que Sierra l'avait rencontré, il avait affirmé avec le plus grand sérieux : « Plus tard, je serai architecte. » Et depuis, il le répétait presque tous les jours.

— D'accord ! dit-elle en lui ébouriffant les cheveux. Et si tu oublies, tu peux compter sur moi pour te le rappeler !

Il sourit, puis fronça les sourcils.

— Tu as raté *Star Trek*, hier soir.

— J'ai eu un empêchement.

— Quel genre d'empêchement ?

— J'ai dû aller dîner avec… un ami.

Elle lui parlerait de Dominic plus tard.

— À tout à l'heure, Frankie, enchaîna-t-elle. Il faut que je sois au studio dans… Aïe ! Dans vingt minutes !

Lorsqu'elle regagna le salon, Pam l'attendait, les yeux brillants.

— Arrête ! ordonna Sierra en la voyant fondre en larmes.

Elle prit à la hâte un mouchoir en papier dans la boîte posée sur l'étagère et le lui tendit.

— Je ne peux pas m'en empêcher. Tu as dit qu'il t'aimait, je sais, mais toi : tu l'aimes ? Je ne peux pas te laisser…

— Bien sûr que je l'aime ! l'interrompit-elle. Je ne me suis pas vendue, Pam. Et en plus, je donne une chance à Frankie. Ou plus exactement, *Dominic* lui donne une chance.

*L'aimait-elle* ?

Sierra refusa de creuser la question.

— Et tu ne…

— Tout ira bien, ne t'inquiète pas ! coupa-t-elle de

nouveau. Maintenant, il faut vraiment que j'y aille ! Et appelle le médecin pour lui dire que c'est OK !

— Alors, vous vous êtes trouvé une épouse ?

Avec un sourire pour Shyla, Dominic prit le courrier qu'elle lui tendait et s'avança vers son bureau.

— Oui.

Jetant un coup d'œil par-dessus son épaule, il vit son assistante le suivre des yeux, l'air éberlué et la bouche entrouverte.

— Qui est-ce ? demanda-t-elle en rouvrant la porte qu'il venait de fermer.

Collaboratrice de Dominic depuis sept ans, elle le connaissait mieux que quiconque et ne s'embarrassait pas de politesse avec lui.

— Vous ne la connaissez pas, répondit-il d'un ton bref.

— Ce n'est pas Marjorie, alors. Comment avez-vous fait ? Vous avez choisi la première femme que vous avez rencontrée en sortant d'ici ?

— Non, dit-il en feignant d'examiner son courrier.

Cela ne découragea pas Shyla.

— *Qui* est-ce ? insista-t-elle.

— Elle s'appelle Sierra, finit-il par répondre.

— Sierra…

Elle plissa le front, comme si elle repassait en revue toutes les femmes ayant traversé la vie de son patron.

— La sœur de ma belle-sœur, la renseigna Dominic.

— La sœur de Mariah… ? fit-elle en écarquillant les yeux.

— Oui, Sierra Kelly.

— Félicitations, répliqua-t-elle avec sérieux.

Mais ses yeux pétillaient et un léger tressaillement parcourait ses lèvres, remarqua Dominic.

— Vous la trouviez sympathique ! lui rappela-t-il.

— J'ai dit que c'était la première fois que je rencontrais une femme capable de vous tenir tête, acquiesça-t-elle.

— Elle n'est pas la seule, apparemment, rétorqua Dominic avec humour.

— Oui, nous sommes au moins deux, dit Shyla en souriant. Mais je n'en reviens pas… Vous et Sierra… Incroyable !

Un éclat malicieux traversa son regard.

— Papa Wolfe a dû avoir un sacré choc…

— Je crois, oui, reconnut-il avec un léger sourire.

— J'aurais bien aimé voir ça ! s'exclama Shyla en riant.

Reprenant son sérieux, elle demanda d'un air inquiet :

— Mais vous ne vous êtes pas marié uniquement pour ennuyer votre père, dites-moi ?

— Bien sûr que non ! répondit-il d'un ton brutal.

*Également pour le sexe.* Mais il était inutile de le lui préciser.

— Bonne chance à vous deux, alors !

Visiblement rassurée, elle s'avança vers lui en souriant pour le serrer un instant dans ses bras.

— Je suis si heureuse que vous soyez enfin tombé amoureux ! ajouta-t-elle, aux anges.

*Lui ? Amoureux ?* Jamais de la vie ! Mais à quoi bon gâcher le plaisir de Shyla… ?

— Assez bavardé, dit-il en détournant les yeux. Et au travail, maintenant !

Dominic essaya *vraiment* de travailler. Toute la matinée. Il fit des efforts *surhumains* pour se concentrer sur le dossier Harker. En vain.

Il ne songeait qu'à une chose. Ou plutôt à une personne.

Sierra. Au lieu d'étudier les chiffres affichés maintenant sur son écran, il voyait sa bouche pulpeuse entrouverte, sa peau laiteuse, les petites taches de rousseur parsemant sa gorge, juste au-dessus des seins haut perchés.

Cela ne pouvait pas durer, bon sang !

Bondissant de son fauteuil, il se mit à faire les cent pas dans la vaste pièce lumineuse, inspirant à fond et contrôlant l'expiration. Que lui arrivait-il ? Il n'était pourtant pas amoureux d'elle comme le croyait Shyla. C'était une pure question de libido. De testostérone !

Revenant à son bureau, Dominic souleva son téléphone portable, appuya sur une touche, et tomba sur le répondeur de Sierra. Agacé, il appela son agent — dont il n'avait pu s'empêcher de chercher le numéro, trois mois plus tôt.

— Bien sûr que je sais où elle est ! s'exclama celui-ci. Chez Gibson Walker — où elle *travaille* !

— Jusqu'à quelle heure ?

— Jusqu'à ce qu'ils aient terminé, comme d'habitude.

— Annulez tous ces contrats.

— Pardon ?

— Sierra a autre chose à faire.

— *Pardon* ?

— À partir d'aujourd'hui, elle est en lune de miel.

Lorsque Sierra sortit du studio ce soir-là, au bras de Toby Hart, l'un des mannequins, elle aperçut Dominic dans le hall d'accueil, qui regardait sa montre d'un air impatient.

Surprise, elle s'avança vers lui, le sourire aux lèvres.

— Qui est-ce ? demanda Toby.

— Mon… mari.

Le mannequin s'arrêta net en éclatant de rire.

— Ton mari ? Parce que tu es mariée, maintenant ? *Toi* ! C'est trop drôle !

Dominic les rejoignit et, prenant le bras de Sierra, le détacha de celui de Toby pour le reposer sur le sien, les yeux étincelants.

— Oui, elle a un mari, dit-il avec une douceur trompeuse.

Croyant toujours à une plaisanterie, Toby sourit, tandis que Dominic enchaînait, à l'adresse de Sierra :

— Tu es en retard.

— En retard ? répéta-t-elle, estomaquée. Pour quoi faire ?

— Ceci.

Sans lui laisser le temps de réagir, il pencha la tête et l'embrassa. Avec passion. Presque sauvagement.

De toute évidence, il voulait montrer à Toby — et à tous ceux qui assistaient à la scène, médusés — qu'elle lui appartenait.

Fermant les yeux, elle répondit à son baiser avec la même fougue. Comme elle en avait envie depuis le matin. Depuis l'instant où elle avait ouvert les yeux et vu Dominic debout devant le miroir, en train de nouer sa cravate.

Ils *brûlaient* l'un pour l'autre. Comme à chaque fois qu'ils se retrouvaient ensemble. Et quand Dominic s'écarta d'elle, ils se contemplèrent en silence, le souffle court.

— *Ça*, c'est un baiser ! s'exclama Toby en hochant la tête.

Dominic prit fermement Sierra par la main.

— Il est temps de rentrer à la maison, dit-il d'une voix rauque.

# 4.

Quand ils pénétrèrent dans le bel immeuble datant du début du XX$^e$ siècle et situé sur la Cinquième Avenue, ils furent accueillis par un portier qui salua avec respect « monsieur Wolfe » avant de hausser imperceptiblement les sourcils en posant les yeux sur Sierra.

Ensuite, ils traversèrent un vaste hall pavé de marbre en direction des ascenseurs, entrèrent dans une cabine aux parois entièrement recouvertes de panneaux de bois lisse, qui les conduisit en douceur au cinquième étage.

Lorsque les portes coulissèrent en silence, Dominic laissa Sierra sortir avant lui, puis s'avança vers l'une des quatre portes donnant sur le palier pour glisser une clé dans la serrure.

— Entre, je t'en prie, dit-il en s'effaçant pour laisser passer Sierra.

Elle s'arrêta sur le seuil, médusée.

— On dirait une maison dans les arbres !

Jamais elle ne se serait imaginé qu'il vivait dans ce genre d'environnement !

— Oui, plus ou moins, répondit-il avec un rire presque enfantin.

Fascinée, Sierra s'avança dans l'immense pièce aux immenses baies vitrées donnant sur les cimes des arbres de Central Park. Les murs étaient peints d'un bleu délicat évoquant un ciel de printemps, et les tableaux accrochés çà et là n'avaient rien d'abstrait, au contraire. Tous représentaient des paysages de style figuratif, voire primitif.

Sur le plus grand, une grande bâtisse se dressait au bord d'une vaste plage qui rappela à Sierra la maison des Wolfe, à Long Island, où elle était allée à l'occasion de la fête de naissance organisée par Mariah.

Se rapprochant d'un autre, elle vit une maison plus petite, entourée d'une végétation luxuriante donnant sur une mer aux eaux turquoise. Sur un troisième, des enfants jouaient dans les vagues, sur le même fond de végétation colorée.

— C'est votre maison de Long Island, n'est-ce pas ? dit-elle en désignant le grand tableau.

— Oui, peinte par ma mère quand j'étais petit. Mais elle n'était pas une vraie artiste : elle peignait en amateur.

Il paraissait à la fois fier et sur la défensive, remarqua Sierra.

— Au contraire, affirma-t-elle avec chaleur. Ces tableaux sont merveilleux. Je ne peux pas en juger pour les autres mais sur celui-ci, elle a vraiment réussi à capter l'âme de votre maison et à la restituer à travers sa peinture.

Se tournant vers les autres, elle demanda :

— Et ceux-ci, où ont-ils été réalisés ?

— Aux Bahamas. Nous possédons une villa là-bas.

— C'est magnifique. J'adore les Bahamas — j'y suis allée pour des séances photo il y a deux ans. Toi, tu dois t'y rendre dès que tu en as l'opportunité ?

— Non, je n'y vais plus, répondit-il en se détournant.

Un frisson parcourut Sierra. C'était comme si un mur s'était soudain dressé entre eux.

Elle se rappela alors que Mariah lui avait raconté que des années plus tôt il s'était fiancé et devait se marier aux Bahamas, mais qu'un événement était survenu, empêchant ce mariage. Elle n'avait pas écouté ce que disait sa sœur, parce qu'à ce moment-là elle préférait ne rien savoir concernant

Dominic. Maintenant, elle regrettait son attitude car, de toute évidence, il s'agissait d'un sujet sensible.

— En tout cas, ces tableaux sont superbes et tu dois être heureux de les avoir — ils constituent un beau souvenir de ta mère, dit-elle d'un ton enjoué.

Debout devant la baie vitrée, il se retourna, un sourire un peu crispé aux lèvres.

— Oui, tu as sans doute raison. Viens, je vais te faire visiter le reste de l'appartement.

Après la cuisine hyper sophistiquée, il lui montra le coin repas, très cosy, puis l'entraîna derrière la cuisine, dans l'espace réservé autrefois aux serviteurs. D'une pièce de taille moyenne, il avait fait une salle de loisirs, avec grand sofa confortable, stéréo, télévision à écran géant et billard.

De la pièce suivante, il dit avec humour :

— L'espace détente.

Sidérée, Sierra contempla l'immense panier rempli de ballons de foot, de basket et de base-ball. Par ailleurs, les murs étaient recouverts d'étagères sur lesquelles étaient rangés cannes à pêche, raquettes de tennis, battes de base-ball, bâtons de hockey — le tout ayant l'air d'avoir bien servi.

Ensuite, elle aperçut un sac à dos suspendu à une patère et au-dessous, alignés sur le sol, des chaussures à crampons, d'autres de randonnée, des patins à glace, des tennis…

Dans la maison de Long Island, elle avait remarqué l'abondance de matériel sportif et pensé qu'ils avaient été utilisés autrefois par les fils Wolfe, ou qu'ils appartenaient à Rhys et Nathan, les jeunes frères de son mari. Jamais elle n'aurait imaginé Dominic en sportif aguerri.

— Tu peux déposer ton matériel ici, si tu veux, poursuivit-il. Ou l'emporter à l'étage.

— À l'étage ? répéta-t-elle en le suivant au salon.

— Oui. J'y ai fait transporter tes affaires.

Soulevant sa mallette posée sur le sofa, il se dirigea vers

un escalier en spirale — qui aurait beaucoup plu à Frankie... Comme tout cet « appartement dans les arbres » !

Mais qu'avait voulu dire Dominic en disant qu'il avait fait *transporter ses affaires* ?

— Je ne savais pas comment tu souhaitais les disposer, continua-t-il en gravissant les marches de bois.

Une fois arrivé en haut de l'escalier, il appuya sur un interrupteur et s'écarta pour la laisser entrer dans la pièce.

Sierra s'arrêta sur le seuil, n'en croyant pas ses yeux. Elle se trouvait devant la reconstitution de son minuscule appartement du Village. Avec son futon recouvert de madras aux teintes un peu passées, son aquarium dans lequel évoluaient tranquillement Buster et Gomer.

— Salut, vous deux, murmura-t-elle.

Apparemment, ses poissons rouges se fichaient pas mal d'avoir déménagé...

À côté de l'aquarium se dressait sa bibliothèque, peinte à la main en bleu avec nuages moutonneux, et sur les rayons de laquelle s'alignaient ses livres préférés. Il y avait aussi sa petite télévision, sa minichaîne stéréo. Son armoire. Tout y était. Même la vieille table en chêne qu'elle utilisait déjà enfant, dans la maison de ses grands-parents, et qui était venue du Kansas avec elle.

Dominic posa sa mallette dessus.

— Ça te convient ?

Incapable de prononcer un mot, Sierra continua de contempler son univers familier en silence.

— Ils ont oublié quelque chose ? demanda-t-il d'un ton inquiet. Ils m'ont dit qu'ils avaient laissé le four et le réfrigérateur sur place parce que ta voisine leur a dit qu'ils faisaient partie de la location.

— Oui, c'est vrai..., répliqua-t-elle machinalement.

Puis, réalisant qu'il venait de faire allusion à Pam, elle se tourna vivement vers lui.

— Ils sont allés voir Pam ?

— Je ne sais pas. Ils ont parlé d'une voisine, sortie voir ce qui se passait.

— Pam.

Sierra avait déjeuné avec elle et celle-ci n'avait rien dit.

— Quand ont-ils effectué le déménagement ?

— Dans l'après-midi.

— Ils ont fait vite !

— Il n'y avait pas grand-chose à transporter, fit remarquer Dominic avec un haussement d'épaules.

Elle lui sourit.

— Tu leur as demandé de reconstituer mon appartement pour que nous puissions y revivre notre nuit de noces ?

À sa grande surprise, il rougit ! Légèrement, mais quand même…

— Pas question ! répliqua-t-il en lui prenant la main. J'ai un lit bien plus grand et plus confortable qui nous attend.

Quelques instants plus tard, Sierra découvrit une vaste chambre claire. Sobre. Presque spartiate. Et dont, à la différence des autres pièces de l'appartement, le sol était recouvert d'un épais tapis.

Elle s'immobilisa pour contempler le lit immense, au ravissant jeté en lin couleur bronze.

Cette fois, ce fut elle qui rougit. Appuyé contre le mur du fond, le lit trônait sur une estrade laquée noire, parsemé de coussins aux teintes allant de l'ivoire au marron glacé, en passant par de subtiles nuances de brun et de beige.

Se rendant compte que Dominic l'observait, les yeux brillants, elle rougit de plus belle.

Ils n'allaient tout de même pas faire l'amour maintenant ? Avant de dîner… ?

Pourquoi cette impatience ? se reprocha Dominic en essayant de dominer les réactions impérieuses de sa libido.

Ils avaient tout leur temps, bon sang ! Sierra était installée chez lui. *Chez elle.* Pour de bon.

Il s'efforça de réfléchir, d'être rationnel, mais sans succès. Il était incapable d'aligner deux idées cohérentes, quand il se trouvait dans une chambre avec cette femme. *Sa* femme.

Renonçant à résister au désir qui le lancinait, Dominic se rapprocha d'elle et lui caressa les bras, le dos, les reins... Lentement, il glissa les doigts sous le haut moulant rose corail et les seins ronds apparurent, aux pointes gonflées se dressant fièrement, comme pour réclamer ses caresses.

Après avoir dégluti, il pencha la tête et embrassa tour à tour les mamelons couleur framboise, puis les lécha du bout de la langue. Et lorsqu'un frisson parcourut Sierra tout entière, il rit doucement contre son sein moelleux.

— Tu te crois le plus doué des amants, pas vrai ?

L'accent rauque de sa voix redoubla l'excitation de Dominic.

— Oui, murmura-t-il contre son sein. La preuve...

— Alors tu vas devoir te surpasser, si tu veux être à la hauteur de ta réputation, murmura-t-elle en enfonçant les doigts dans ses cheveux.

— Tu peux compter sur moi...

Sans plus attendre, il s'attaqua au pantalon de cuir bordeaux qu'elle portait ce jour-là. C'était plus difficile à ôter qu'une jupe... Il tira, tenta de faire glisser, chercha en vain un bouton, un système de fermeture quelconque, jura...

— Tu ne vas pas baisser les bras au premier obstacle..., fit Sierra avec malice.

La poussant en arrière, il la renversa sur le lit.

— Au contraire : tu sais combien j'aime les défis, dit-il en s'installant à califourchon au-dessus d'elle.

Trouvant enfin un minuscule bouton-pression puis une fermeture Éclair, il exulta avant de se retrouver devant une nouvelle difficulté : faire glisser le cuir sur ses jambes... Celui-ci adhérait en effet aux longues jambes galbées comme une seconde peau. Mais Dominic finit par en venir à bout et descendit du lit pour regarder Sierra, parée d'un simple petit triangle de dentelle rose dragée.

— Non ! s'écria-t-elle quand il voulut desserrer sa cravate. Ça, c'est *mon* affaire.

S'avançant vers lui à quatre pattes, elle se redressa sur les genoux et posa les mains sur sa poitrine avant de les laisser remonter lentement sur sa chemise. Puis elle dénoua la cravate, défit les boutons un par un et fit glisser l'étoffe sur les bras de Dominic.

Leurs doigts s'enlacèrent d'eux-mêmes, tandis qu'ils se regardaient en silence. Leurs lèvres se rapprochèrent, s'effleurèrent, se goûtèrent, avant que leurs bouches ne se dévorent bientôt avec une véritable ivresse.

Sierra l'embrassait avec une ardeur qu'il n'avait jamais connue chez aucune femme avant elle. Elle y mettait tout son cœur, tout son être. Elle se donnait tout entière, comme si elle ne désirait que cela. Que lui, Dominic.

Ses baisers se firent tour à tour longs et voluptueux, brefs et coquins. Elle écarta les lèvres pour les lui poser sur la mâchoire, le cou, le torse.

Égaré dans un univers de sensations merveilleuses, il ferma un instant les yeux, puis les rouvrit pour la faire basculer sur le lit, avant de rouler sur le dos en l'entraînant avec lui.

Sierra s'occupait déjà de sa ceinture, ouvrait sa braguette, tirait le pantalon sur ses hanches. Il la laissa faire, impatient de sentir ses doigts sur son membre excité. Ensuite, il la débarrassa de la culotte en dentelle rose, roula sur le flanc et se redressa au-dessus d'elle, alors qu'elle achevait de lui ôter son pantalon et son caleçon en même temps.

Quand elle referma les doigts sur son érection, Dominic serra les mâchoires. Ses caresses étaient délicieuses, divines. Mais à ce rythme, il risquait de ne pas tenir très longtemps…

— Sierra… !

Les doigts fins ralentirent, lui effleurant à peine la peau.

— Oui, Dominic ?

Il fit un effort surhumain pour se dominer. Trembla.

— Ne t'arrête surtout pas…, murmura-t-il en retenant un halètement.

Le deuxième lui échappa. Il aurait voulu retenir la houle qui se soulevait en lui et menaçait de tout emporter sur son passage, mais il avait de plus en plus de mal à l'endiguer.

— Je continue ?

Dominic ne répondit pas. D'autant plus que la langue de Sierra remplaçait maintenant ses doigts… Seigneur, il allait exploser, d'une seconde à l'autre.

Les mâchoires crispées, il se redressa, lui écarta les jambes et la pénétra d'un coup de reins vigoureux.

Dieu merci, elle était aussi prête que lui…

— Oui…, chuchota-t-elle en refermant les jambes autour de ses hanches. Viens… Maintenant…

Non, pas encore… Il ferma les yeux, serra les paupières et resta immobile sur elle. S'il bougeait…

Il inspira, retint son souffle. Sierra fit la même chose. Son corps doux et chaud frémissait sous le sien.

— Dominic ? murmura-t-elle en lui caressant les reins.

— Oui ? dit-il lentement, sans bouger, sans respirer.

— Ah… Tu es encore vivant, fit-elle en riant doucement. J'ai cru que tu avais rendu l'âme !

— Certainement pas ! protesta-t-il, choqué.

Le simple fait de redresser la tête causa sa perte. L'onde se répercuta dans tout son corps, son érection palpita… Dominic donna un nouveau coup de reins, se retira, recommença et fut emporté par la jouissance.

Il redescendit sur terre éreinté. Sans forces.

— Désolé, murmura-t-il. Vraiment…

Quand il voulut s'écarter d'elle, Sierra lui resserra les bras autour de la taille, lui embrassa les épaules, la gorge. Elle lui caressa le dos, les fesses, tandis qu'il sentait des petits frissons la parcourir et se répandre dans son propre corps, puis elle se mit à trembler contre lui.

Était-elle en train de jouir ?

Il sentit ses ongles s'enfoncer dans sa chair.

Avait-elle joui ?

Seigneur, quel imbécile ! Il ne savait même pas si elle avait eu un orgasme…

Une longue plainte franchit alors les lèvres de Sierra, tout son corps se contracta, avant de se détendre d'un coup. Au même instant, Dominic réalisa qu'il pesait de tout son poids sur elle.

Cette fois, quand il roula sur le flanc, elle ne tenta pas de l'en empêcher. Mais elle se tourna elle aussi sur le côté et se blottit contre lui alors que, sans réfléchir, il lui caressait les cheveux.

— Dominic ?

— Oui ?

— C'était très agréable.

*Agréable* ?

— Je ferai mieux la prochaine fois, promit-il, vexé.

— Non, murmura-t-elle. Ce serait impossible.

Sur ces mots, elle lui embrassa la poitrine, et s'endormit.

Dominic resta éveillé. Immobile, il contempla le plafond en essayant de rassembler ses pensées.

En fait, il n'avait pas du tout envie de bouger et ce constat le dérangeait. Ce qu'il ressentait avec Sierra, le désir qu'il éprouvait pour elle, le dérangeait. Le perturbait, même.

Faire l'amour avec elle était une chose, mais rester ainsi allongé à la tenir dans ses bras…

Cela équivalait à *s'impliquer*. Or, il ne voulait pas s'impliquer. Ni avec Sierra ni avec aucune autre.

Il lui serait fidèle. Tout simplement parce qu'il en avait fait la promesse en l'épousant. Et qu'il croyait aux promesses. En revanche, il ne croyait pas à l'amour. Par conséquent, il ne laisserait personne entrer dans son cœur.

Et surtout pas Sierra.

Le simple fait de réfléchir à ce genre de chose l'agaça. Il n'avait pas l'habitude de s'aventurer dans le domaine des émotions. Encore moins de s'interroger sur les siennes.

Après son mariage avorté, Dominic avait érigé un mur impénétrable entre lui et les femmes qu'il fréquentait. Il s'amusait avec elles mais sans jamais leur accorder aucune place dans sa vie. Il ne tombait *jamais* amoureux.

Et il n'était pas tombé amoureux de Sierra. Certainement pas ! Il l'avait épousée, OK. Mais uniquement pour se débarrasser de son père une fois pour toutes. Et aussi parce qu'avec elle le sexe était incroyable, fabuleux. Le meilleur qu'il ait jamais connu.

Alors, que rêver de mieux ?

Il écouta le souffle régulier de Sierra, en sentit la caresse sur sa poitrine — et dut soudain résister au désir *absurde* de l'embrasser sur le dessus de la tête.

Sierra se réveilla lentement, savourant la douceur du coton fin sur son corps nu. Elle s'étira avec paresse, ouvrit les yeux et comprit qu'elle se trouvait dans le lit de Dominic.

Aussitôt, elle se redressa en le cherchant des yeux. Mais il n'était pas là. Par ailleurs, aucun bruit ne provenait de la salle de bains dont la porte était grande ouverte.

Se tournant vers le réveil, elle bondit au bas du lit, horrifiée. Mon Dieu, elle ne l'avait pas fait sonner…

Mais pourquoi Dominic ne l'avait-il pas réveillée ?

Trois secondes plus tard, Sierra ouvrait le robinet de la douche pour se laver rapidement. Elle se sécha encore plus vite, s'enveloppa les cheveux dans une serviette, enfila le peignoir de Dominic suspendu à la porte et se dirigea vers la cuisine.

D'habitude, quand elle était en retard, elle ne prenait pas de petit déjeuner, mais ce jour-là, elle *mourait* de faim.

Évidemment, ils n'avaient pas dîné la veille, se souvint-elle en ouvrant les placards de la cuisine.

Elle se prépara des flocons d'avoine, fit frire du bacon et mangea une tranche de melon. Le café était encore chaud, constata-t-elle avec plaisir. Après s'en être versé une seconde tasse, elle emporta celle-ci et monta s'habiller.

Mais une fois dans son studio reconstitué, elle constata que les déménageurs avaient tout apporté — sauf ses vêtements. L'armoire était complètement vide.

Sierra tira le premier tiroir de la commode. Tous ses sous-vêtements s'y trouvaient, Dieu merci ! Elle prit un soutien-gorge et une culotte assortie, puis resta immobile au milieu de la pièce.

Dominic avait-il jeté tous ses vêtements ?

Furieuse, elle redescendit d'un étage et, se dirigeant droit vers la chambre, fonça vers le dressing, dont elle ouvrit la porte pour s'immobiliser, stupéfaite.

Toutes ses affaires étaient là, soigneusement rangées sur les rayonnages ou suspendues à côté de celles de Dominic.

Elle sourit devant le contraste entre les costumes élégants aux couleurs sobres et ses minijupes en jean, ses hauts aux teintes vives. Baissant les yeux, elle vit les chaussures à lacets stylées et les mocassins italiens, le tout cousu main, jouxtant ses sandales à talons hauts, ses boots à bout pointu…

Cette fois, Sierra éclata franchement de rire. Elle se sentait beaucoup plus légère, tout à coup.

Ils ne partageaient pas que du sexe, finalement, se dit-elle en choisissant un haut couleur groseille. Ils avaient aussi un dressing en commun !

Elle remit le haut sur son cintre et prit à sa place une chemise de Dominic. Après l'avoir enfilée, elle en roula les manches jusqu'aux coudes. Naturellement, la chemise était bien trop grande et une fois boutonnée, sauf les deux derniers boutons du haut, elle était même plus longue que ses jupes. Frottant le col contre sa joue, Sierra reconnut la senteur de lavande désormais familière.

En plus du sexe et du dressing, ils allaient aussi partager une chemise…

Après avoir passé un legging mauve, elle enfila ses boots et se noua une ceinture rose vif autour de la taille. Quand elle recula pour voir son reflet, elle sourit jusqu'aux oreilles.

C'était *parfait*, comme look ! Et elle se sentait merveilleusement bien, dans *leur* chemise.

— Comment ça, vous n'avez pas besoin de moi ? fit-elle en dévisageant Strong. Pourquoi avez-vous fait appel à Lisa ?

Ayant couru depuis la bouche de métro, elle n'était même pas en retard. Mais la redoutable Strong avait eu l'air surpris de la voir, avant de lui annoncer que Lisa travaillait à sa place, ce jour-là.

— Parce que Bruce m'a appelée pour m'avertir que vous vous étiez désistée.

— Pardon ? Pourquoi aurait-il dit une chose pareille ?

Sierra ouvrit sa mallette, en sortit son téléphone pour appeler son agent.

— Bonjour, Bruce ! C'est Sierra. Qu'est-ce qui se passe ? Pourquoi avez-vous dit à Strong que je ne travaillais pas aujourd'hui ?

— Mais enfin, c'est votre mari qui…

— Quoi ? *Dominic* vous a appelé ?

— Exactement, ma chérie. Pour m'annoncer que vous partiez en voyage de noces.

Sierra en resta sans voix.

— En voyage de noces… ? répéta-t-elle enfin lentement.

Si Dominic avait bien appelé Bruce, pourquoi ne lui en avait-il pas parlé ?

— Qu'est-ce que mon… mari a dit, au juste ?

— Rien d'autre. Il m'a appelé hier matin, il vous cherchait.

Il avait l'air de penser que vous étiez déjà en congé. Mais je lui ai dit que vous travailliez. Alors il m'a dit d'annuler tous vos contrats. Je n'aurais pas dû l'écouter ?

Sierra se demanda lequel des deux elle avait le plus envie d'étrangler. Bruce, ou Dominic ?

Comment *son mari* avait-il osé se mêler de sa vie professionnelle ? Annuler ses contrats ?

Mais au fond d'elle-même, dans la partie romantique de son être, elle ne parvenait pas à en vouloir à Dominic. Parce qu'au fond elle était ravie qu'il l'emmène en lune de miel.

Dorénavant, ils auraient bien davantage à partager que du sexe, un dressing et une chemise. Ils allaient vraiment démarrer leur mariage. Passer du temps ensemble. Se découvrir l'un l'autre. Apprendre à s'aimer.

— Si, vous avez bien fait, Bruce, dit-elle d'une voix un peu tremblante. Merci.

— Vous comptez vous arrêter un moment ? répliqua son agent avec curiosité.

— Je... Je ne sais pas encore. Je vous tiendrai au courant.

*Après en avoir discuté avec Dominic.*

# 5.

Une fois rentrée à l'appartement, elle appela Pam.

— Sierra ! s'écria celle-ci d'une voix inquiète. Je suis tellement heureuse de t'entendre. J'ai été bouleversée quand j'ai vu qu'on venait chercher tes affaires ! Je me doutais bien que tu allais déménager, mais je ne pensais pas que…

— Moi non plus, l'interrompit gaiement Sierra. Mais Dominic est comme ça : un claquement de doigts et hop, c'est parti ! Tu verrais l'appartement où il vit… Il faut que vous veniez ! Sautez dans un taxi, je vous attends !

— Cela ne va pas te déranger ?

— Me déranger ? Toi et Frankie ? Arrête tout de suite, Pam. Ce n'est pas parce que je ne suis plus votre voisine que je vais sortir de votre vie ! Allez, prenez un taxi et venez ! Je paierai la course. Et nous organiserons un pique-nique.

— Frankie ne…

— À l'intérieur, la rassura Sierra. Ça va être génial !

— Mais…

— Pam, coupa-t-elle d'un ton grave. Ne m'abandonne pas.

Comme elle s'y attendait, Pam céda aussitôt.

— OK. Nous allons prendre le bus.

*Inutile de lui proposer de nouveau de leur payer le taxi…*

— Super ! Je te donne l'adresse.

Ensuite, certaine que Dominic n'y verrait pas d'inconvénient, Sierra prépara tout un assortiment de sandwichs, pressa des oranges, dénicha un énorme paquet de biscuits fourrés au chocolat dans un placard, et déposa le tout sur son vieux dessus-de-lit en madras qu'elle étendit devant la baie vitrée du salon.

— Waouh ! s'exclama Frankie sur le seuil. On dirait ma maison dans les arbres ! Et on va pique-niquer — super cool !

— Ça alors, fit Pam en regardant autour d'elle d'un air émerveillé. C'est incroyable !

— Tu vois, j'ai eu raison de vous inviter à venir me voir ! répliqua Sierra en souriant. Bon, on s'installe !

Quand ils eurent terminé leur pique-nique, elle fit visiter le reste de l'appartement à ses amis. Comme elle s'y attendait, Frankie adora l'escalier qu'il examina avec attention, sans doute pour enregistrer tous les détails dans sa mémoire afin de le reproduire une fois rentré chez lui.

Mais ce qui lui arracha de véritables cris d'enthousiasme, ce fut la salle de « détente » puis la pièce vouée aux divertissements.

— L'année prochaine, je jouerai au base-ball, dit-il.

— Bonne idée, approuva Pam.

— Et en hiver, je ferai du patin à glace.

— On…

— Si ! coupa-t-il avec force. Quand j'aurai mon nouveau rein, je pourrai en faire !

Il se tourna vers Sierra.

— Je vais en avoir un, le docteur me l'a dit.

— C'est vrai ?

Frankie hocha la tête d'un air solennel.

— Il m'a expliqué que j'irais encore mieux qu'avant et que je serais comme neuf. Hein, maman ?

— Oui, mon chéri.

Elle ajouta à l'adresse de Sierra :

— C'est ce qu'il a expliqué, en effet.

Curieuse d'en savoir davantage, mais gardant ses questions pour plus tard, Sierra parcourut la collection de DVD de Dominic.

— *Indiana Jones et les Aventuriers de l'arche perdue* ?

C'était l'un des films préférés de Frankie.

— Tu veux le regarder sur l'écran géant ? enchaîna-t-elle.

— Je peux, maman ?

— Je ne sais pas si nous resterons assez longtemps…

— S'il ne peut pas le regarder jusqu'au bout, vous reviendrez voir la fin une autre fois, dit Sierra.

Après avoir installé Frankie devant son héros adoré, elle et Pam retournèrent à la cuisine.

— Maintenant, raconte-moi tout, dit Sierra en servant le thé.

— L'un des médecins a effectivement déclaré qu'il serait *comme neuf* ! commença Pam en souriant. Et ils ont promis que dès qu'un donneur compatible aurait été trouvé Frankie pourrait bénéficier d'une greffe. Il est inscrit sur la liste, Sierra — grâce à toi ! Ils vont pratiquer des tests sur moi, bien sûr. Et sur ma sœur. Ensuite, ils essaieront avec son père — si on réussit à mettre la main sur lui. Mais ça va être difficile…

Elle s'interrompit en plissant le front d'un air sombre.

— Et même si on arrive à joindre Dan, je doute qu'il soit prêt à donner un rein…

— Tu te trompes, Pam ! Il acceptera forcément, Frankie est son fils !

— Oui, mais la paternité n'a jamais représenté grand-chose pour lui, soupira Pam. Peu importe, de toute façon. Ce qui compte, c'est qu'il y ait un donneur compatible quelque part — j'en suis certaine. Et ensuite, Frankie sera… comme neuf !

Après avoir souri à Sierra, elle la regarda en fronçant les sourcils.

— Tu te sens vraiment bien, ici ? C'est superbe, OK. Mais lui, il est comment avec toi ? Je ne pourrais pas supporter qu'il te maltraite, d'une façon ou d'une autre.

Sierra prit les mains de son amie entre les siennes.

— Cesse de t'inquiéter pour moi. Dominic ne me maltraite pas, au contraire.

— Mais, tu crois que ça peut fonctionner ? J'imagine que...

Elle s'interrompit en rougissant.

— ... Que vous vous entendez très bien au lit... Mais il n'y a pas que cela... Entre Dan et moi, c'était fabuleux, sur le plan sexuel...

— Non, il n'y a pas que cela, affirma Sierra. Tout a commencé comme ça, c'est vrai. Mais notre relation a évolué, depuis et... nous allons partir en voyage de noces...

Pam sourit avec chaleur en serrant à son tour les mains de Sierra.

— Fantastique ! Quand ? Où ?

— Je ne sais pas encore. Il ne l'a pas précisé. Mais... Il a annulé mes contrats — c'est pour ça que je ne travaille pas aujourd'hui.

Son amie la regarda en écarquillant les yeux.

— Il a appelé Bruce sans même t'en parler ?

— Oui ! Comme ça !

Elle dégagea sa main et fit claquer ses doigts.

— De la même façon qu'il a fait transporter mes affaires ici. Il va tout m'expliquer ce soir, j'en suis sûre.

— J'espère, acquiesça Pam, l'air de nouveau inquiet.

— Arrête ! ordonna aussitôt Sierra. Quand tu connaîtras Dominic, tu comprendras.

Son amie sourit, les yeux brillants d'émotion.

— Je suis contente pour toi. Tu mérites d'être heureuse, Sierra. Plus que toute autre.

C'était pire que la veille. Parce que vingt-quatre heures plus tôt elle travaillait et, par conséquent, il ne pouvait aller la chercher et la traîner de force dans son lit.

Alors que maintenant Dominic savait que Sierra était à la maison. Toute la journée.

Il aurait dû lui dire qu'il avait appelé Bruce, mais il avait oublié. Ils avaient eu autre chose à faire que parler…

Ce matin, il avait été tenté de la réveiller pour lui faire l'amour une dernière fois avant de la quitter. Mais il s'en était abstenu parce qu'avec Sierra une étreinte ne pouvait pas être rapide. Ils auraient pris leur temps. Or, il avait un rendez-vous concernant la reprise de Harker à 8 heures.

Aussi l'avait-il laissée dormir et quand il était sorti de la salle de bains un peu plus tard, son sommeil lui avait paru si profond qu'il avait supprimé l'alarme du réveil.

Quand Sierra se réveillerait et s'apercevrait qu'elle était en retard, elle ne manquerait pas d'appeler Finn, qui l'informerait qu'elle n'avait pas besoin de venir.

Elle serait sans doute furieuse d'apprendre la nouvelle de cette façon, mais Dominic était certain que lorsqu'il lui expliquerait pourquoi il avait agi ainsi elle comprendrait et lui pardonnerait aussitôt.

Repoussant sa manchette de chemise, il consulta sa montre pour au moins la centième fois. 18 h 10. Il aurait pu s'en aller. Shyla était partie vingt minutes plus tôt. Et la plupart des autres l'avaient devancée.

Non, il resterait encore un peu.

À 18 h 45, Dominic décida qu'il s'était suffisamment prouvé qu'il pouvait se dominer. Après avoir consulté une dernière fois ses mails, il rédigea quelques notes destinées à son assistant, au cas où celui-ci consulterait sa messagerie avant le lendemain, les lui envoya puis, satisfait de constater qu'il détenait toujours le contrôle de sa vie et de ses affaires, il éteignit son ordinateur, quitta le bureau et sortit bientôt de l'immeuble avant de prendre la direction de l'appartement.

Sierra n'étant pas une cuisinière hors pair, elle appela Mariah pour lui demander des conseils.

— Quel genre de conseils ? s'enquit prudemment celle-ci.

Mariah l'aimait profondément, Sierra n'en doutait pas un instant, mais elles n'étaient pas toujours sur la même longueur d'onde. En outre, sa sœur ignorait tout du changement radical survenu dans la vie de sa benjamine…

— J'aurais besoin d'une recette ou deux, répondit-elle d'un ton détaché.

— Des recettes ? Je croyais que tu étais une adepte des plats à emporter.

— Oui, c'est vrai. Mais ce soir, j'aimerais préparer quelque chose d'un peu spécial.

— Qui est-ce ?

Comme d'habitude, Mariah allait droit au but…

Sierra n'avait jamais parlé à quiconque de l'attirance qu'elle ressentait pour Dominic. À présent, elle regrettait de l'avoir caché à sa sœur. Ça lui aurait facilité les choses…

— Dominic.

— Dominic qui ?

*Aïe…*

— Dominic ! Ton beau-frère.

— *Quoi* ? Non ! Tu plaisantes ! Ce n'est pas drôle, Sierra. Toi et Dominic ? Je vois déjà la réaction de Rhys : il serait plié en deux ! Bon, raconte. Qui est-ce ? Je suis ravie que tu aies trouvé quelqu'un qui puisse t'intéresser durant plus d'une semaine et demie, mais…

Le silence s'installa. Dura…

— Tu ne plaisantes pas, soupira Mariah au bout du fil. Pour l'amour du ciel, Sierra ! Il est beau comme un dieu et plus intelligent qu'Einstein, OK. Mais c'est du granit ! Dominic ne pense qu'à ses affaires, vingt-quatre heures sur vingt-quatre, sept jours sur sept. Je parierais qu'il dort en costume cravate.

— Non.

— Il ne… Qu'est-ce que tu as dit ?

— J'ai dit *non*. Il ne dort pas en costume. Pour ce qui est de la cravate, c'est… optionnel.

— Oh ! mon Dieu…

Nouveau silence.

— Est-ce que je peux t'aider à limiter la casse ? reprit Mariah. Te conseiller de sortir de cette histoire pendant qu'il en est encore temps ? Avant que tu ne prennes les choses au sérieux ? Parce que, crois-moi, Sierra, Dominic ne prendra *jamais* les choses au sérieux. Il ne s'engagera pas, c'est un célibataire pur et dur. À cent pour cent.

— Il m'a épousée avant-hier.

Cette fois, le silence sembla vibrer dans son oreille.

— Excuse-moi, commença soudain Mariah d'une voix bizarre. J'ai dû mal entendre. J'ai cru que tu avais dit qu'il…

— Tu as bien entendu. Nous nous sommes mariés, mardi après-midi.

— Mardi après-midi. Juste comme ça !

Mon Dieu, elle n'allait tout de même pas claquer des doigts…

— Vous ne vous connaissez même pas, bon sang ! poursuivit Mariah, sans claquer des doigts. Tu l'as menacé avec sa cravate quand tu as fait irruption dans son bureau…

Mariah s'interrompit de nouveau. Il y eut un bref silence, puis elle éclata d'un rire un peu hystérique.

— C'est ce jour-là que tout a commencé, hein ?

— Non, pas vraiment, répondit Sierra à la hâte. Nous avons gardé nos distances, après cet épisode. Dominic a vraiment cru que j'allais m'attaquer à ses bijoux de famille, tu comprends. Alors, il n'était pas exactement transi d'amour pour moi. Mais il…

— Il était curieux ?

— En quelque sorte. Et moi aussi. J'étais… curieuse. Nous nous sommes croisés plusieurs fois. Lors de la fête que tu avais organisée quand tu attendais les jumeaux, et ensuite à la clinique, après leur naissance. Mais rien ne s'est passé. Jusqu'à ton mariage. Ce soir-là, nous avons bu un peu trop de champagne et après la réception nous nous sommes retrouvés seuls, lui et moi. Nous devions rentrer à Kansas City pour prendre l'avion le lendemain matin et…

— J'ai compris, l'interrompit Mariah.

Après un court silence, elle demanda :

— Mais pourquoi ne m'as-tu rien dit ? Si tu sors avec lui…

— Pas du tout ! C'était censé être l'affaire d'une nuit, histoire de nous débarrasser de ce désir qui… nous trottait dans la tête, disons… Je ne l'avais pas revu depuis.

— Jusqu'à mardi.

— Oui. Il a débarqué au studio de Finn et m'a demandé de l'épouser.

— Pourquoi ? Oh ! excuse-moi, Sierra. Vraiment. Je ne voulais pas dire ça… Mais… Peut-être que ma question était fondée. Trois mois, tu dis ? Sierra, es-tu…

— Non ! se récria Sierra d'un ton vif. C'est toi qui t'es retrouvée enceinte, Mariah ! Pas moi.

— Tu as raison. OK, soupira sa sœur. Tu l'aimes.

Sierra se mordilla les lèvres, inspira.

— Oui.

Mariah resta silencieuse un bon moment, puis demanda :

— Et lui, il t'aime ?

— Non. Il m'a épousée parce qu'ensemble nous sommes incroyables au lit. Et parce que…

Elle inspira de nouveau. À fond.

— Parce que Douglas le harcelait et lui présentait une nouvelle fiancée potentielle par mois.

— Oh ! non ! Ce n'est pas vrai !

— Si. Il revenait sans cesse à la charge, je t'assure. Et Dominic n'en pouvait vraiment plus.

— Mais ce ne peut pas être seulement pour cela qu'il t'a épousée, répliqua Mariah d'une voix ferme. Il ne serait pas aussi stupide.

— Merci !

— Je ne veux pas dire par là que tu ne serais pas assez

bien pour lui, Sierra ! Mais qu'il ne t'épouserait pas uniquement pour se débarrasser de Douglas !

— Si. C'est exactement le cas.

— Mais…

— Et maintenant, nous devons transformer ce mariage d'intérêt en une *vraie* union, qui dure. Parce que je veux que ça dure, Mariah !

— Et Dominic, qu'est-ce qu'il veut ?

— La même chose, je crois. Il a annulé mes contrats. Lorsque je suis arrivé au studio ce matin, j'avais été remplacée.

— *Quoi* ?

— Moi aussi, j'étais furieuse, au début. Mais ensuite, j'ai parlé avec Bruce et appris que Dominic l'avait appelé hier pour annuler mes contrats — parce que nous allons partir en voyage de noces !

Sa sœur resta silencieuse un long moment. Elle réfléchissait. Se repassait les événements, un par un. Mariah était comme ça.

— Alors, il doit désirer aussi que ça fonctionne, non ? reprit Sierra.

En fait, c'était pour cela qu'elle avait appelé Mariah, réalisa-t-elle tout à coup. Pour obtenir son approbation et être rassurée. Les recettes n'avaient été qu'un prétexte.

Elle n'en avait pas parlé plus tôt à sa sœur par peur. De s'entendre traiter d'idiote, et dire que Dominic et elle n'avaient rien à faire ensemble. Que cette histoire de mariage à la sauvette n'avait aucun avenir.

Et qu'aurait-elle pu répliquer ? Rien.

Mais maintenant, ils allaient partir en lune de miel. Donc, Dominic ne l'avait pas épousée uniquement pour se débarrasser de son père.

— Tu ne crois pas ? insista-t-elle.

— C'est un début, répondit Mariah.

Ensuite, elle lui expliqua quelques recettes hyper simples.

— Fais de préférence les lasagnes, dit-elle. Rhys adore

ça. Dominic aussi, j'en suis sûre. Avec une salade. Et du pain à l'ail. C'est facile, tu y arriveras sans problème.

— Merci.

— Si tu as besoin de quoi que ce soit, tu m'appelles, d'accord ? répliqua Mariah de son ton rassurant de grande sœur. Et s'il y a le moindre problème, Rhys accourra à ton secours !

Sierra s'abstint de dire qu'elle ne pensait pas que Dominic puisse se laisser intimider par son jeune frère. Même si ce dernier, pompier, faisait un métier dur et physique. Côté muscles, Dominic n'avait rien à lui envier.

Et il ne permettrait pas à Rhys de se mêler de sa vie intime.

— Tout ira bien, affirma-t-elle. Enfin, j'espère.

— Moi aussi, je l'espère, Sierra. Bonne chance ! lui souhaita sa sœur avec chaleur.

Dans la cuisine, tout était prêt. Les lasagnes, la salade composée — roquette, champignons, oignon rouge émincé, olives noires et croûtons au parmesan —, ainsi que du pain à l'ail — acheté à l'excellente boulangerie française un peu plus tôt. Inutile de prendre le risque de se retrouver avec une miche dure comme de la pierre…

Sierra dressa la table dans l'espace-repas, baissa l'éclairage au maximum et alluma les bougies achetées elles aussi au cours de la petite virée de shopping qui s'était avérée nécessaire.

*L'ambiance idéale pour un dîner romantique dans les arbres…*

Où passeraient-ils leur lune de miel ? se demanda-t-elle en retournant à la cuisine. À la Jamaïque ? En Italie ? En Grèce ? À Cancún ? Elle regarda l'heure affichée sur le four : 18 h 15. Dominic n'allait pas tarder.

Une fois les lasagnes mises au four, Sierra déboucha la

bouteille de vin qu'elle alla déposer sur la table. Puis elle choisit une musique douce mais pas trop, et attendit.

Au bout d'un moment, elle retourna vérifier que tout allait bien côté lasagnes, tourna de nouveau la salade. Regagna l'espace-repas et goûta le vin.

À 18 h 45, Sierra commença à s'impatienter. À 19 heures, elle se rendit compte qu'elle se mordillait les lèvres.

Il était presque 19 h 30 lorsque la porte de l'appartement s'ouvrit enfin.

Sierra passa ses mains moites sur la chemise de Dominic qu'elle n'avait pas quittée. Mon Dieu, elle ne s'était pas sentie aussi nerveuse depuis des années…

*Il désire lui aussi que ça fonctionne*, se répéta-t-elle dans l'espoir de calmer les battements désordonnés de son cœur.

Ça sentait bon. Délicieusement bon, même ! constata Dominic avec surprise.

Il avait pensé que Sierra l'accueillerait, pas toutes griffes dehors, ce n'était pas son genre, mais il s'était attendu à essuyer des reproches bien mérités dès son arrivée. Après tout, il était intervenu dans sa vie professionnelle sans lui demander son avis.

Aussi avait-il prévu de la prendre dans ses bras sans lui laisser le temps de dire un mot, de l'embrasser avec passion — comme il en mourait de toute façon d'envie depuis le matin —, et de l'entraîner dans la chambre où il comptait bien se faire pardonner.

Mais s'il devait déguster un dîner fait maison au lieu de filer droit au lit, il était prêt à accepter l'invitation.

À cet instant, Sierra émergea de la cuisine, le sourire aux lèvres.

— Sierra, je…

— Bonsoir ! l'interrompit-elle d'un ton joyeux.

Après s'être avancée vers lui presque en dansant, elle lui

déposa un baiser furtif sur les lèvres, puis se dirigea vers l'espace-repas du même pas léger.

Pas de récriminations ? De plaintes ? Donc pas besoin de la séduire pour éviter la confrontation…

Pas grave. La soirée se terminerait forcément au lit…

Elle portait l'une de ses chemises gris perle, sur laquelle ressortait une ceinture en cuir rose vif. Dominic n'avait jamais rien trouvé de sexy à ses chemises, mais sur Sierra, l'effet était *totalement* différent…

Les jambes nues, la chemise dévoilant quelques centimètres de cuisses à la peau soyeuse, elle semblait heureuse et détendue. Chez elle.

— Bonsoir, dit-il enfin d'une voix rauque.

— Tu ne m'avais pas dit que tu avais appelé Bruce.

Il s'était attendu à ces paroles, mais lancées d'un ton accusateur, pas avec ce mélange de douceur et d'étonnement.

— Ce n'est pas comme si je n'avais pas les moyens de t'entretenir, répliqua-t-il avec un haussement d'épaules.

— Je sais, mais j'ai quand même été très surprise. Je suis si heureuse.

*Ah… Vraiment ?*

Incapable de résister au désir de l'embrasser, Dominic la prit dans ses bras. Le baiser fut long et passionné ; il aurait dû les entraîner directement au lit. Mais Sierra se dégagea en souriant.

— Le dîner d'abord. J'ai préparé des lasagnes, c'est une recette de ma mère, donnée par Mariah.

— D'accord, répliqua-t-il en s'efforçant de rester sourd aux protestations de sa libido. Dînons.

— J'espère que tu as faim ?

— Je *meurs* de faim. Et pas seulement de lasagnes.

Elle éclata de rire, comme s'il venait de faire le jeu de mots du siècle.

— Parfait. Tu veux sans doute te laver les mains ? Alors vas-y, je t'attends. Tout est prêt.

Quelques instants plus tard, Dominic la rejoignait et s'asseyait à table — ce qui ne lui arrivait quasiment jamais. Sierra avait acheté et allumé des bougies, dressé les couverts l'un en face de l'autre, sorti les verres en cristal. Une impression intime émanait de l'ensemble. Romantique.

Soudain, il se sentit mal à l'aise, puis se fustigea. De quoi avait-il peur ? De se retrouver piégé dans le mariage ? Aucun risque : ils étaient *déjà* mariés.

— Tu sers le vin ? demanda-t-elle.

Il s'exécuta et lui tendit l'un des deux verres. Avant de repenser à la dernière fois qu'ils avaient bu ensemble, lors du dîner au Sabre. Il se souvint des toasts. Et à en juger par le regard brillant de Sierra, elle songeait à la même chose.

— À toi, dit-il en tendant son verre vers le sien.

— À nous, répliqua-t-elle en souriant.

Quand elle porta le verre à ses lèvres, Dominic l'imita. Puis il se servit en lasagnes, prit de la salade et du pain. Tout était excellent. Simple, mais exquis.

— C'est vraiment délicieux, dit-il en reposant sa fourchette.

De son côté, Sierra n'avait fait que grignoter. Elle semblait l'observer, attendre quelque chose.

— Tant mieux, dit-elle. Je ne suis pas un cordon-bleu, mais j'ai bien l'intention de m'améliorer.

— Tu n'as pas à cuisiner tous les soirs, répliqua-t-il.

— Heureusement ! Mais je compte le faire souvent. Si cela te convient, bien sûr. Quel genre de nourriture aimes-tu ?

— Presque tout. Je ne suis pas difficile.

— Italienne ? Tu sembles apprécier les lasagnes… Tu es déjà allé en Italie ? Moi, jamais, mais j'ai toujours pensé que ça devait être très beau, là-bas.

Elle parlait vite. *Trop* vite.

— Il y a des tas d'endroits où je n'ai jamais mis les pieds, continua-t-elle dans son élan. La Jamaïque. Les chutes du Niagara. Cancún.

— Et l'Alaska ? Tu connais ?

— L'Alaska ? fit-elle en écarquillant les yeux. Non, jamais… Mais pourquoi pas ?

— Rhys et moi, nous y sommes allés plusieurs fois, pour pêcher.

— Ah…, acquiesça-t-elle, l'air un peu perplexe.

Puis elle sourit de nouveau en soulevant son verre.

— L'Alaska serait formidable.

Dominic fronça légèrement les sourcils. Projetait-elle de les accompagner le jour où ils retourneraient là-bas, Rhys et lui ? Il avait toujours considéré ce genre d'expédition comme une affaire d'hommes, mais pourquoi pas, après tout…

— Nous pourrions peut-être envisager ça pour l'été, dit-il.

— Oh oui ! Quelle bonne idée !

Sur ces paroles enthousiastes, elle but une gorgée de vin, reposa son verre, et attaqua sérieusement ses lasagnes.

Après avoir vidé son propre verre, Dominic le reposa à son tour, lorsqu'il sentit des orteils nus lui caresser la cheville.

— Tu en veux encore ? s'enquit-elle en lui tendant la bouteille.

Les orteils se glissèrent sous sa jambe de pantalon.

— Non, merci. Pas maintenant.

— Pas de problème. Quand tu veux, répliqua-t-elle en se léchant les lèvres.

— On termine de dîner, ou non… ? demanda-t-il d'une voix rauque.

— J'ai mangé assez de lasagnes ! dit-elle en plissant les yeux. Je passerais bien à la suite — pas toi ?

Comprenant quel genre de *suite* elle avait en tête, il se leva et repoussa sa chaise.

— Je n'attends que cela…, murmura-t-il.

Quand elle se leva elle aussi, son regard pétillait de joie et de désir.

— Je m'attendais à des reproches, dit Dominic.

— Des reproches ? répéta-t-elle, l'air dérouté. Pourquoi te ferais-je des reproches ?

— Parce que j'ai oublié de te dire hier soir que j'avais appelé ton agent et annulé tes contrats.

— J'avoue que j'ai trouvé ça un peu cavalier de ta part. Mais vu les circonstances, j'ai décidé de te pardonner.

Contournant la table, elle vint s'arrêter devant lui, lui passa les bras autour du cou et l'embrassa sur le menton, les lèvres.

— Quelles circonstances ? murmura-t-il contre sa bouche.

— Le voyage de noces, dit-elle en le regardant dans les yeux. Où allons-nous ? Pas en Alaska, apparemment. Alors, tu penses à quoi ?

Tout en se dégageant, Dominic recula d'un pas.

— Le voyage de noces… ? *Quel voyage de noces* ?

# 6.

— Le nôtre, évidemment ! s'exclama Sierra en roulant des yeux. Tu as dit à Bruce que nous partions en lune de miel !

L'espace d'un bref instant, Dominic parut décontenancé, puis il secoua résolument la tête.

— Il a dû mal comprendre.

— Impossible ! Bruce ne peut pas avoir mal compris — il est payé pour faire attention à ce genre de chose, au contraire.

— J'ai dit que *tu* étais en lune de miel, se défendit Dominic.

Elle le dévisagea en silence, complètement perdue.

— Moi toute seule ? répliqua-t-elle enfin. Et toi ?

— Comment voudrais-tu que je trouve le temps de partir en voyage de noces ? Je travaille, bon sang ! J'ai des responsabilités, des rendez-vous, des…

— Moi aussi, figure-toi !

— Tu peux très bien t'arrêter.

— Je n'en ai pas envie.

Il haussa les sourcils, puis laissa échapper un petit rire incrédule.

— Tu tiens vraiment à rester debout toute la journée, à t'occuper de mannequins capricieux ? À écouter des imbéciles hurler et te lancer des ordres, avant de changer d'avis deux minutes plus tard ?

— Oui, répondit farouchement Sierra.

Après l'avoir regardée un moment d'un air songeur, il se passa la main sur le visage.

— Tu plaisantes.

— Absolument pas, affirma-t-elle en croisant les bras.

— Tu as sauté sur l'occasion de ne pas travailler aujourd'hui !

— Parce que je croyais que nous partions en lune de miel !

— Tu sais bien que je ne peux pas m'absenter, soupira-t-il.

— Non, je l'ignorais.

— OK. Mais maintenant, tu le sais.

— Non, s'entêta Sierra. Tu ne *veux* pas t'absenter. C'est différent.

Au fond, elle ne représentait pour lui qu'un divertissement, un jouet avec qui s'amuser au lit. Mais pas une égale, une partenaire avec qui partager une vraie relation.

Un petit muscle tressaillit dans la mâchoire de Dominic.

— Je remarque que tu ne le nies pas, reprit-elle.

— J'aimerais beaucoup partir en voyage de noces avec toi, Sierra, mais…

— Et moi, j'aimerais beaucoup que tu ailles en enfer sans moi, Dominic ! riposta-t-elle avec colère.

Se rendant compte qu'elle avait les larmes aux yeux, Sierra ramassa vivement les assiettes et se dirigea vers la cuisine. Mais il la suivit et, les lui prenant des mains pour les poser à côté de l'évier, il la fit tourner dans ses bras.

— Arrête, dit-il.

— De faire quoi ? De m'énerver ? De t'en vouloir d'être intervenu dans ma vie professionnelle et d'avoir annulé mes contrats sans aucune raison valable ? Pour rien ?

— Je l'ai fait pour te faciliter la vie. Te permettre de souffler un peu. J'espérais te faire plaisir.

— Mais oui, bien sûr ! lança-t-elle en se dégageant. Tu veux me faire plaisir ? Eh bien, partons quelque part tous les deux. Apprenons à nous connaître. Découvrons ce que nous avons à partager en dehors du sexe.

Comme le visage de Dominic se fermait, Sierra eut l'impression de recevoir un coup de poing dans le ventre. Une douleur atroce lui serra la poitrine.

*Il ne voulait pas d'elle.*

Pas comme elle l'aurait souhaité, en tout cas. Il désirait seulement partager du plaisir charnel avec elle. Rien d'autre.

— Non ? Ce n'est pas possible ? Très bien. Pas de problème. Restons ici. Mais je te préviens : je retourne travailler. Dès demain. Et je travaillerai autant que je veux — tu n'as pas intérêt à essayer de m'en empêcher !

— Sierra, ce n'est pas nécessaire.

— C'est moi qui décide de ce qui m'est nécessaire ! répliqua-t-elle d'un ton brutal en s'emparant du papier aluminium.

Elle en couvrit le saladier et fourra celui-ci dans le réfrigérateur d'un mouvement brusque. Ensuite, elle balança les couverts dans l'évier et entreprit de les frotter de toutes ses forces avec la brosse.

— J'ai un lave-vaisselle.

— Eh bien, tu en as deux, maintenant.

Après les couverts, Sierra s'attaqua à la casserole avec la même vigueur.

— Sierra, commença Dominic d'un ton patient.

Elle eut envie de le gifler. Mais concentra sa rage sur la casserole.

— Tu n'as pas à faire la vaisselle, poursuivit-il en venant s'arrêter derrière elle.

Quand il lui passa les bras autour de la taille, Sierra sentit la chaleur de son corps viril se propager dans son dos, ses reins. Il lui fallut faire un effort surhumain pour ne pas s'abandonner contre lui.

— Non, répliqua-t-elle avec amertume. Je dois seulement te contenter au lit.

— Au lit, nous sommes aussi contents l'un que l'autre, il me semble.

— Peut-être, mais tu vas devoir te passer de ce *contentement*, dorénavant !

— Pour l'amour du ciel, Sierra ! Pas de mélodrame ! Tu

ne vas quand même pas nier que tu me désires autant que je te désire ? Que nous nous entendons à merveille au lit !

Elle laissa tomber la casserole au fond de l'évier et pivota sur elle-même, avant de repousser Dominic sans même s'essuyer les mains. Tant pis pour sa chemise !

— Bien sûr que je te désire et que j'adore faire l'amour avec toi ! Mais maintenant, nous sommes mariés, Dominic. Et un mariage ne se réduit pas à des parties de jambes en l'air — aussi fabuleuses soient-elles !

— Je n'ai rien d'autre à t'offrir.

L'air furieux, il la foudroya du regard. Comme si ces paroles lui avaient échappé malgré lui — et comme si c'était sa faute à elle !

— Pourquoi ? demanda Sierra avec calme.

— Bon sang, Sierra ! Ce n'est pas parce que tu ne me plais pas ou que je ne te trouve pas intéressante ou je ne sais quoi… C'est que je… Je ne veux pas m'impliquer avec toi.

— Ah ? Vraiment ? riposta-t-elle, abasourdie. Pourquoi m'avoir épousée, alors ?

Comme il gardait le silence, elle répondit à sa place.

— Pour le sexe.

Blessée, choquée, elle se passa les mains sur la chemise gris perle. Dire qu'elle l'avait considérée comme *leur* chemise…

— Eh bien moi, je ne peux pas coucher avec toi, enchaîna-t-elle en redressant le menton.

— Comment cela, tu ne peux pas ? Tu l'as fait ! *Nous* l'avons fait !

— Cela ne me suffit pas. Plus maintenant.

— Alors que comptes-tu faire ? Retourner à Manhattan ? Demander le divorce ? Me rendre mes cinq cent mille dollars ?

*Oh ! mon Dieu…*

— Impossible. Je ne les ai plus.

— Tu as tout dépensé ? fit-il, visiblement sidéré.

Sierra tourna la tête vers la baie vitrée, mais la vue des arbres ne fit qu'augmenter sa tristesse.

— Je les ai donnés.

— Pardon ?

— Je les ai donnés, répéta-t-elle d'une voix glaciale.

— À des sans-abri ? Des gens qui mouraient de faim ?

Lentement, elle tourna les yeux vers lui et soutint son regard.

— À une amie dont le fils a besoin d'une greffe de rein.

Il la contempla en silence, battit des cils.

— Comment cela ? Quelle amie ? Qui est-ce ?

— Mon amie Pam, ma voisine. Elle avait besoin de deux cent cinquante mille dollars pour l'opération. Je peux te rendre le reste tout de suite. Je trouverai bien le moyen de…

— Je me fiche de cet argent !

Il se mit à arpenter la cuisine en secouant la tête.

— Garde-le ! Cela n'a aucune importance !

— Pour toi…

— Oui, pour moi ! hurla-t-il en pivotant sur lui-même, les yeux étincelants de colère. Tu veux divorcer ?

— Et toi ?

Les yeux de Dominic étaient presque noirs. Il se passa la main dans les cheveux, avant de l'enfoncer dans sa poche de pantalon.

— Je ne sais pas, répondit-il enfin.

Il était franc, c'était déjà ça.

— Eh bien, quand tu le sauras, préviens-moi, s'il te plaît.

— Évidemment ! riposta-t-il, les mâchoires crispées.

— Merci.

Soudain, Sierra se sentit glacée. Et sur le point de craquer.

— Si de ton côté tu souhaites…

— Je ne partirai pas avant d'avoir remboursé ma dette.

— Je t'ai dit que…

— Non, coupa-t-elle d'une voix ferme. Pas question. Nous avons passé un contrat et je le respecterai jusqu'au bout. Et puis, je t'ai épousé pour le meilleur et pour le pire.

— Mais tu refuses de coucher avec moi si nous n'avons que cela à partager.

Leurs regards se croisèrent. Celui de Dominic étincelait de défi. Alors que Sierra avait l'impression de sombrer dans un puits sans fond.

— Pour l'instant…, commença-t-elle néanmoins avec calme.

Elle s'interrompit un bref instant, inspira.

— … Cela ne me paraît pas raisonnable, acheva-t-elle.

Dominic donna un nouveau coup de poing dans l'oreiller, poussa un juron et roula sur le dos.

« Eh bien, tu me feras signe quand cela te paraîtra *raisonnable* ! » avait-il riposté avant de tourner les talons.

Hors de lui, il avait quitté la cuisine, saisi son attaché-case au passage et était allé s'enfermer dans son bureau. Où il n'avait pu se concentrer sur quoi que ce soit, bien entendu.

D'autant qu'il entendait les portes des placards claquer dans la cuisine, des casseroles s'entrechoquer…

Comme si Sierra avait le droit de lui en vouloir parce qu'il ne désirait pas partir en voyage de noces ! Qu'il n'avait pas envie de partager chaque minute de ses journées avec elle ! Et qu'il n'attendait pas la même chose qu'elle de ce qui n'avait jamais été qu'un arrangement — dont elle avait bien profité, même si elle avait donné l'argent à cette amie.

Si elle souhaitait faire un *vrai* mariage, au sens traditionnel du terme, elle n'aurait jamais dû accepter de l'épouser, bon sang !

C'était absurde. Autant que sa décision de faire chambre à part !

Elle avait fini par monter à l'étage, et quand Dominic était passé devant sa porte, celle-ci était fermée *à clé*. Il le savait pour en avoir actionné la poignée. Tout doucement. Afin que Sierra ne s'en rende pas compte.

Au lieu de poursuivre son chemin, il avait lancé : « Tu te comportes de façon puérile, Sierra ! »

Elle n'avait pas réagi.

Agacé et encore plus furieux, il était allé se coucher et, cinq heures plus tard, il ne parvenait toujours pas à fermer l'œil.

Non seulement c'était puéril, comme comportement, mais vu que Sierra était aussi têtue qu'une mule, elle ne changerait pas d'avis ! Pas cette nuit, en tout cas.

Roulant sur le flanc, il contempla la place vide à côté de lui. La veille, elle avait dormi là, blottie dans ses bras. Et quand elle s'était réveillée au cours de la nuit, elle avait glissé la main sur son ventre et refermé les doigts sur…

*Non !* s'ordonna-t-il en fermant les yeux. Hélas, son corps — et en particulier une certaine partie de son anatomie — gardait des souvenirs très précis de ce que Sierra lui avait fait.

Dominic repoussa la couette, descendit du lit, puis, en caleçon et T-shirt, quitta sa chambre et s'arrêta devant la porte de la pièce devenue le studio de Sierra.

Pas un bruit. Dormait-elle ? Il espérait bien que non ! Et qu'elle souffrait autant le martyre que lui. Ça lui apprendrait à être *raisonnable* !

— Eh bien, c'était plutôt expéditif, cette lune de miel ! s'exclama Bruce quand Sierra l'appela le lendemain matin.

— Nous avons décidé d'attendre, finalement, expliqua-t-elle. Nous partirons plus tard.

— Je vais prévenir Finn et Gib que vous avez changé d'avis. Je suis sûr que Finn vous voudra au studio dès demain. Quand je lui ai appris la nouvelle, il était loin d'être ravi… Alors, vous pouvez être certaine qu'il vous accueillera à bras ouverts. Je vous rappelle dès que c'est réglé.

Demain. Ce qui laissait toute la journée à Sierra. La veille, cela avait été facile. Délicieux, même. La visite de Pam et Frankie. Les courses en prévision du dîner. La préparation du repas… Mais à ce moment-là, elle croyait partir en voyage de noces. Tandis que maintenant elle avait du mal à afficher son sourire pourtant légendaire.

*Franchement, à quoi t'attendais-tu ? Qu'espérais-tu ?*

De l'amour. C'était aussi stupide et aussi simple que cela.

Son fichu optimisme lui avait fait miroiter des jours exaltants. Un avenir lumineux — avec Dominic. Elle s'était imaginé qu'il allait tomber amoureux d'elle, de la même façon qu'elle était bel et bien en train de tomber amoureuse de lui.

Il aurait pu au moins *essayer* !

Non, il n'avait rien à lui offrir. Sauf du sexe, évidemment.

Un soupir échappa à Sierra au souvenir du moment où elle l'avait entendu s'arrêter derrière sa porte, la nuit dernière. Tout doucement, il avait fait tourner la poignée.

Il ne croyait tout de même pas qu'elle l'attendait ?

Dire qu'il avait eu le toupet de lui reprocher sa puérilité quand il avait constaté qu'elle s'était enfermée à clé ! Elle avait failli lancer quelque chose dans la porte, pour bien montrer à Dominic à quel point elle était *puérile* !

Mais elle s'était contentée de la foudroyer du regard, jusqu'à ce qu'il s'en aille.

Il ne parvenait pas à trouver le sommeil ? Eh bien, qu'il en profite pour réfléchir un peu !

Après avoir consulté sa boîte vocale, Sierra songea tout à coup à Mariah.

Elle n'aurait jamais dû se confier à sa sœur ! Maintenant, celle-ci allait s'inquiéter. Ou, pire encore, tenter d'arranger les choses entre elle et Dominic.

Mieux valait s'expliquer tout de suite. Inutile d'attendre que la situation se complique…

Après avoir pris le bus pour aller chez Mariah, qui habitait avec Rhys et les jumeaux dans le West Side, au nord-ouest de Manhattan, elle s'arrêta en route pour acheter des sandwichs Reuben, les préférés de sa sœur.

— Sierra, quelle bonne surprise ! Vous n'êtes pas encore partis, à ce que je vois ! Entre ! Alors, comment s'est passé ce dîner ?

— C'est de ça que je suis venue te parler, répondit Sierra en refermant la porte derrière elle.

Quand elle lui eut tout raconté, Mariah explosa, bien sûr.

— Quel salaud ! Il a vraiment dit qu'il ne voulait pas s'impliquer ?

Elle arpenta le salon, son fils à califourchon sur la hanche.

— Oui, répondit Sierra en disposant les sandwichs sur la table basse.

Mariah souleva Stephens dans ses bras et le regarda dans les yeux.

— Ton oncle est un imbécile. Tu ne lui ressembleras pas, je te le promets !

— Mais non, répliqua Sierra. Il sera comme son père.

— Oh ! formidable ! lança sa sœur d'un ton pince-sans-rire.

— Il a changé, lui rappela Sierra.

Quand il avait appris que Mariah attendait des jumeaux, Rhys avait littéralement fui en courant. Mais maintenant, c'était le plus dévoué des maris et le plus adorable des pères.

— Ce qui prouve que tout n'est pas perdu, acquiesça Mariah en s'asseyant en tailleur sur le plancher. Dominic va changer aussi, tu verras.

Elle installa Stephens à côté d'elle, puis choisit un sandwich débordant de choucroute.

— Dépêchons-nous de manger, poursuivit-elle. Avant que Lizzie ne se réveille.

— Il y a six mois, tu n'étais pas aussi optimiste, lui fit remarquer Sierra, assise en face d'elle.

— Non, c'est vrai. Mais Rhys avait des raisons de ne pas vouloir s'impliquer.

— Dominic aussi, je suppose.

— Il n'a pas perdu sa femme et un enfant en même temps.

Ce qui était en effet arrivé à Rhys.

— Mais il a été plaqué par sa fiancée le jour de leur mariage. Ça a dû être très dur pour lui.

Les yeux rivés sur le sandwich de sa mère, Stephens agita les bras en se penchant de plus en plus, jusqu'au moment où il bascula en avant et se mit aussitôt à pleurer. Mariah le souleva et le serra contre elle en le cajolant, avant de le réinstaller sur le plancher dès qu'il fut calmé.

— Tu dois faire la même chose avec Dominic.

— Pardon ? Tu voudrais que je le prenne dans mes bras et je le rassure en lui disant que tout va bien ? Pas question !

— Tu dois être là pour lui, répliqua Mariah en souriant à son fils qui la dévorait littéralement des yeux.

Stephens les avait aussi bleus que son père et son oncle. Comment serait-ce d'avoir un enfant avec Dominic ? s'interrogea soudain Sierra, le cœur serré.

— Tu veux dire : comme tu as été là pour Rhys ?

— Oui.

— Et tu crois que Dominic aura lui aussi une illumination ?

— Oui, répondit lentement Mariah.

— Tu parais vraiment convaincue, fit Sierra avec une pointe d'ironie.

— Ils sont différents, je sais. Dominic est plus coriace. C'est un homme d'affaires, pur et dur. Mais je refuse de croire qu'il soit complètement insensible, Sierra. Perdre sa femme et son enfant d'un coup est une épreuve horrible, mais se faire larguer le jour de son mariage, ce ne doit pas être facile à encaisser non plus.

— Tu as peut-être raison. Mais cela ne veut pas dire qu'il va craquer pour moi. Avant de tomber amoureux de toi, Rhys était ton ami, lui au moins. Alors qu'entre Dominic et moi, ça a commencé au lit. À mon avis, les chances de réussite sont moindres que si nous avions été amis au départ.

— Peut-être, mais elles ne sont pas inexistantes pour autant. Où est passé ton optimisme à toute épreuve, Sierra ?

— Je crois que je l'ai perdu hier soir.

— Ne te laisse pas abattre, fit Mariah en tendant la main vers elle. Tu ne peux pas te le permettre.

Sierra serra un instant sa main entre les siennes.

— Hier, tu me disais que Dominic était une cause perdue.

— J'ai dit n'importe quoi.

— Ah… ? Et qu'est-ce qui t'a fait changer d'avis ?

— Il t'a *épousée*, Sierra ! Ce qu'il n'aurait pas fait, s'il ne ressentait rien pour toi.

— Il m'a peut-être épousée parce qu'il ne ressent rien pour moi, justement ! Et que ça l'arrange !

— Tu le penses vraiment ?

Sierra hésita un long moment, puis secoua la tête.

— Non. Mais…

— Alors, ne perds pas espoir. Accorde-lui une chance.

Pourquoi pas ? D'autant qu'au fond d'elle-même Sierra refusait de renoncer. Une petite flamme continuait de luire dans son cœur, contre vents et marées.

— Et si… Si ça ne fonctionne pas ? demanda-t-elle, la gorge nouée.

— *Essaie*, insista gentiment Mariah. Qu'est-ce que tu as à perdre ?

Sierra redressa les épaules.

— Tu as raison, affirma-t-elle avec un sourire presque confiant.

Quand Dominic entra dans l'appartement un peu après 20 heures, un parfum délicieux lui chatouilla les narines. Sierra avait de nouveau cuisiné. Comme la veille.

Sans doute uniquement pour elle-même. Mais peu importait, il grignoterait quelque chose avant d'aller s'isoler dans son bureau, tandis qu'elle se retirerait dans son studio.

Au lieu d'aller au lit ensemble et de faire l'amour comme ils en mouraient d'envie tous les deux.

*Arrête tout de suite !* s'ordonna-t-il en posant son attaché-case dans l'entrée.

Après un rendez-vous qui s'était terminé à 18 h 30, il avait dû résister au désir de rentrer pour s'assurer que Sierra n'avait pas déserté l'appartement. Mais sans avoir l'intention de lui courir après, si cela avait été le cas !

Cependant, il ne pouvait nier qu'il avait eu envie de savoir. Et qu'il avait ressenti un soulagement immense en étant accueilli par les effluves appétissants émanant de la cuisine.

Dominic reprit son attaché-case. Peut-être valait-il mieux laisser Sierra achever de dîner et revenir plus tard…

Avant qu'il n'ait fait un pas, elle sortit de la cuisine.

Mais cette fois, elle ne portait pas sa chemise.

Évidemment. Il ressentit toutefois un petit pincement au cœur en voyant qu'elle avait mis un jean délavé et un T-shirt à manches longues, près du cou, rose orangé.

— J'ai préparé du bœuf bourguignon, dit-elle d'un ton détaché. Tu en veux ?

— Je… Oui, merci. Je passe déposer mon attaché-case dans mon bureau.

— OK. Nous mangeons dans la cuisine, ce soir.

Sur ces mots, elle tourna les talons et disparut.

Après être resté immobile durant quelques instants, il passa dans son bureau, alla se laver les mains, puis se dirigea vers la cuisine en s'interdisant de se poser des questions.

Quand il entra, elle lui adressa un vague sourire, baissa de nouveau les yeux sur son assiette et continua de manger.

— Ça a l'air bon, dit Dominic en s'asseyant en face d'elle. C'est encore une recette de ta mère ?

D'habitude, il n'avait aucun mal à parler de tout et de rien. Mais ce soir-là, il ne put s'empêcher de se sentir ridicule.

— Oui, répondit-elle gravement. Et c'est de nouveau Mariah qui me l'a donnée. Avant, cuisiner ne m'intéressait pas.

*Avant quoi ?* aurait-il aimé demander, mais il n'osa pas.

— Hum, c'est délicieux ! s'exclama-t-il après avoir goûté au bœuf bourguignon.

Cette fois, il eut droit à un vrai sourire, suivi d'un soupir.

— Il y en a des tonnes ! Nous allons sans doute en manger pendant une semaine.

Nous. Une semaine. Donc, elle ne comptait pas le quitter.

Après ce constat, Dominic trouva la viande encore meilleure.

Il en reprit deux fois, se servit copieusement en salade et termina le pain à l'ail resté de la veille. Et la bouteille de vin.

Ni l'un ni l'autre ne fit allusion à ce qui s'était passé vingt-quatre heures plus tôt. À vrai dire, Sierra parla à peine, mais il était content qu'elle ne se soit pas retirée dans son studio comme il l'avait craint.

Tout en mangeant et buvant, il ne pouvait s'empêcher de l'observer. De promener son regard sur la joue au doux arrondi, le cou gracieux, le pouls battant à la naissance de sa gorge. De son côté, elle semblait concentrée uniquement sur son assiette, comme s'il n'était pas là.

Inutile de chercher à engager la conversation, pressentit Dominic. Elle lui répondrait par monosyllabes.

Dès la fin du repas, Sierra se leva.

— Je vais débarrasser, dit-elle. Tu dois avoir du travail.

Il était *congédié*. Cependant, elle avait raison. Il avait du travail.

— Je vais t'aider, proposa-t-il néanmoins.

Sa propre attitude le surprit, mais il s'interdit de nouveau de s'interroger. Il l'aida à débarrasser la table et, quand elle eut passé les assiettes sous l'eau, il les prit et les déposa dans le lave-vaisselle.

— Je retourne travailler demain, annonça-t-elle soudain.

La note déterminée colorant sa voix n'échappa pas à Dominic. Ni le silence qui suivit ses paroles, comme si elle s'attendait à des objections de sa part.

— Comme tu voudras, répliqua-t-il d'un ton neutre.

L'espace d'un bref instant, elle soutint son regard avant qu'ils ne détournent les yeux en même temps.

— Bonne nuit, alors, enchaîna-t-elle sur le même ton.

Dominic la regarda s'avancer vers l'escalier, baissa les yeux sur les hanches moulées par le jean…

— Sierra ?

Il n'avait pu se retenir. Le mot avait *jailli* de ses lèvres.

La main sur la rampe, elle se retourna vers lui.

— Oui ?

Ils se dévisagèrent un instant en silence, puis Dominic secoua la tête.

— Rien. Bonne nuit.

# 7.

— Ultra rapide, votre lune de miel ! s'exclama Finn en la regardant entrer dans le studio. Tout va bien ?

Sierra lui adressa son sourire le plus lumineux.

— Super bien ! répondit-elle en posant sa mallette sur une chaise. Dominic a eu un imprévu. Tu sais comment ils sont, ces hommes d'affaires ! Alors, nous avons décidé de reporter.

— Il faudra quand même que vous partiez ! Rien de tel que la mer et le soleil pour démarrer un mariage sur de bonnes bases !

— Je n'en doute pas ! répliqua Sierra en continuant de sourire. Ce n'est que partie remise, crois-moi !

Elle se garda bien de dire à Finn que Dominic n'avait pas *du tout* l'intention de démarrer leur mariage, sur de bonnes ou de mauvaises bases…

La journée fut intense, Ballou changeant d'avis à chaque instant. Aussi était-il presque 19 heures lorsque Sierra rentra à l'appartement.

— Où étais…, commença Dominic, avant même qu'elle n'ait eu le temps de refermer la porte derrière elle.

Surprise, elle le découvrit immobile sur le seuil de la cuisine, les cheveux ébouriffés, la chemise déboutonnée à l'encolure.

— Tu as travaillé tard ? reprit-il d'un ton plus neutre.

S'était-il inquiété ? Avait-il cru qu'elle ne rentrerait pas ?

Impossible. Ses affaires n'avaient pas bougé. Mais pourquoi cet air paniqué, alors ?

— Oui. Ballou était en grande forme. Pourquoi faire simple quand on peut faire compliqué ? soupira-t-elle. Ça doit être sa devise…

— J'ai eu des directeurs du même style. Ils n'ont pas fait long feu.

— Dommage qu'il ne travaille pas pour toi. Tu pourrais le virer.

— Je suis passé chez le traiteur chinois. J'ai d'abord pensé que c'était mon tour de faire la cuisine, mais il était trop tard pour préparer quoi que ce soit.

Sierra se força à fixer le bout de ses boots. Ils allaient faire la cuisine à tour de rôle ? Il s'était arrêté pour acheter de quoi dîner ?

— J'espère que tu aimes le bœuf à la mongole et le poulet aux noix de cajou ? J'ai aussi pris des rouleaux de printemps, des *won-ton* et de la soupe aux nids d'hirondelles.

Il s'interrompit, comme s'il attendait son approbation.

— Excellente idée ! Je vais me laver les mains et je reviens.

Quand elle le rejoignit à la cuisine, Sierra découvrit un océan de petits cartons blancs recouvrant la table. Dominic lui fit signe de s'asseoir, puis s'installa en face d'elle.

N'ayant pas mangé de la journée, elle croqua dans un rouleau de printemps savoureux.

— Hum…, gémit-elle en fermant les yeux.

— Ce n'est pas bon ?

Sierra rouvrit les yeux en secouant la tête.

— Si, au contraire. C'est *divinement* bon !

Quand elle sourit à Dominic, il afficha un air heureux, et durant quelques instants, elle sentit un lien se tisser entre eux. Encore plus profond que celui qu'ils partageaient en faisant l'amour. Puis il baissa les yeux sur son bol de soupe et plongea sa cuiller dedans.

Tout en mangeant, Sierra lui parla de Ballou. Elle aurait

eu des centaines d'anecdotes à raconter sur lui, et même pu en faire un livre ! Dominic l'écouta en souriant, jusqu'au moment où il éclata franchement de rire.

— Je prendrais bien une tasse de café, dit-elle en reposant ses baguettes. Pas toi ?

Après une légère hésitation, il hocha la tête.

— D'accord.

En attendant que le café soit passé, ils débarrassèrent la table. Ensuite, Sierra prit sa tasse, se dirigea vers le salon et s'avança vers l'immense baie vitrée.

*J'aimerais tellement que ça marche entre nous…*, songea-t-elle en contemplant les myriades de lumières colorées scintillant dans la nuit.

Elle sentit, plus qu'elle ne vit, Dominic s'arrêter à côté d'elle. Mais pas trop près, Dieu merci.

Immobile, elle retint son souffle en priant pour qu'il ne se rapproche pas. Qu'il ne la *touche* pas. Même si elle en mourait d'envie.

— Très bon, ce café, dit-il soudain. Merci.

— Je t'en prie. C'est moi qui te remercie, pour le dîner.

Ils restèrent silencieux un long moment, côte à côte, sans se regarder. Jusqu'à ce que la voix de Dominic fasse tout à coup tressaillir Sierra.

— Il faut que j'aille travailler.

— Bien sûr.

Une heure plus tard, allongée sur son futon et incapable de se concentrer sur son roman, Sierra éteignit la lampe, puis ferma les yeux en s'efforçant de ne pas perdre espoir.

Dominic essayait de ne pas penser à elle. Sans succès. Il tentait de se dire que le plus important était de l'avoir épousée, puisque Douglas était reparti en Floride et lui fichait la paix — maintenant que son fils avait une femme.

Une femme qui faisait chambre à part.

Il serra les poings pour ne pas frapper quelque chose. Le désir qu'il ressentait pour Sierra le rendait fou. Mais il préférait ne pas insister. De crainte que, s'il la bousculait, elle ne s'en aille pour de bon.

Au fond, cela n'avait pas non plus d'importance, se répéta-t-il. Néanmoins, il devait bien reconnaître que lorsqu'il était rentré et avait trouvé l'appartement désert, il avait eu une drôle de sensation dans le ventre. De vide.

Sur son chemin, il s'était arrêté chez le traiteur chinois en pensant que Sierra serait fatiguée et n'aurait peut-être pas envie de cuisiner.

Mais quand, au bout d'une heure, il avait constaté qu'elle ne réapparaissait pas, Dominic s'était senti en proie à une nervosité croissante mêlée d'inquiétude.

Pourquoi tardait-elle ? Avait-elle été retenue au studio ?

*L'avait-elle quitté ?*

À cette pensée, il s'était précipité à l'étage, assailli par le souvenir de son mariage avorté avec Carin. Mais toutes les affaires de Sierra étaient là, avait-il constaté avec un soulagement *immense*.

Ensuite, il avait arpenté le salon pendant une bonne demi-heure en se demandant s'il devait descendre guetter son arrivée dans le hall de l'immeuble, ou dehors, lorsqu'il avait soudain entendu la clé tourner dans la serrure.

En fait, il n'aurait pu décrire ce qu'il avait éprouvé en voyant Sierra, l'air exténué et un peu embarrassé, sa mallette à la main. En tout cas, il n'avait encore jamais ressenti un tel mélange d'émotions.

Plus tard, il s'en était voulu. Il pouvait vivre sans elle, bon sang !

À vrai dire, plus les jours passaient et plus Dominic était content qu'elle soit là — alors que pourtant ils continuaient de faire chambre à part.

Mais justement, cette situation lui permettait d'apprécier Sierra pour ce qu'elle était vraiment. Il lui découvrait toutes sortes de qualités, qu'il ne pouvait s'empêcher d'admirer.

Il avait su dès le départ qu'elle aurait fait n'importe quoi pour sa sœur, mais il constatait qu'elle était capable de se mettre en quatre pour aider ses amis.

En donnant cette somme faramineuse à Pam, par exemple. Ou en faisant des cadeaux surprise. Il se rappela le soir où elle était rentrée avec un énorme canard en peluche jaune vif.

— Pour Brendan, le fils de Gib et Chloe Walker, avait-elle expliqué avec un grand sourire.

— C'est son anniversaire ? avait demandé Dominic.

— Non, mais Brendan adore les canards, alors quand j'ai vu celui-ci dans une vitrine, je n'ai pas pu résister.

Un autre jour, elle avait rapporté un grand sachet de biscuits chinois avec message et le lui avait tendu en s'exclamant joyeusement :

— C'est pour toi !

— En quel honneur ? avait-il répliqué, surpris.

— Je les ai achetés parce que tu les aimes, avait-elle répondu avec un haussement d'épaules.

— Ah… Eh bien… Merci.

Et comme elle semblait attendre qu'il les goûte, Dominic avait ouvert le sachet, déballé un biscuit et l'avait glissé entre ses lèvres.

— Et le message ? avait-elle demandé en plissant le front.

— Ce sont les *gâteaux*, qui m'intéressent !

— OK, mais lis au moins celui-ci !

Il avait déplié le petit papier pour lui faire plaisir.

— « Ne regarde pas en arrière. »

— Ça me plaît bien, comme message ! s'était-elle esclaffée.

C'était entre autres cela qu'il aimait chez elle. Sierra ne regardait jamais en arrière et ne gardait jamais rancune à quiconque. Elle se souciait uniquement du présent et de l'avenir, s'efforçant de savourer l'instant, en veillant à ce que les autres puissent en profiter aussi.

Quant à Dominic, il savourait de plus en plus sa compagnie, reconnut-il en se décidant à aller se coucher.

Seul.

Auparavant, Sierra s'était crue amoureuse de lui. Mais ce n'était rien comparé à ce qu'elle ressentait maintenant pour Dominic. Chaque fois qu'elle partageait un moment avec lui, elle lui découvrait de nouvelles qualités.

Et bien sûr, elle brûlait toujours de faire l'amour avec lui. Sans oser s'y risquer. Parce que plus elle entrevoyait de nouveaux aspects de sa personnalité et plus elle s'attachait à lui. Plus elle l'aimait. Aussi ne pouvait-elle se contenter d'être sa femme au lit. Elle désirait *tout* partager avec lui.

Au début, elle l'avait trouvé arrogant. Elle avait l'impression qu'il contemplait l'univers du haut de sa richesse, qu'elle savait colossale. Alors elle avait décidé de lui montrer qu'il ne l'intimidait pas le moins du monde. Et son attitude l'avait surpris, puis intrigué.

Lors du mariage de Mariah et Rhys, les joutes verbales s'étaient transformées en un corps-à-corps qui n'avait plus rien d'un affrontement. Ç'avait été un pur embrasement, de tous les sens. Et totalement réciproque.

Depuis ce jour-là, le désir avait continué de frémir en Sierra, à chaque instant. Et de toute évidence, Dominic éprouvait la même chose.

Elle prit son roman en soupirant, avant de le reposer sans même l'ouvrir. Puis elle ferma les yeux et s'efforça de ne pas songer à l'homme superbe qui était maintenant son mari.

Pour se changer les idées, elle pensa à ses amis qu'elle continuait de fréquenter. Finn et sa femme Izzy, Gib et Chloe, ainsi que tous ceux avec qui elle travaillait régulièrement.

Cependant, elle n'avait pas beaucoup vu Pam et Frankie,

ces temps derniers. Elle les appelait, au moins deux fois par semaine, et Frankie lui demandait invariablement quand elle viendrait regarder *Star Trek* avec eux. Comme il l'avait encore fait cet après-midi même.

Alors, comme ils lui manquaient trop tous les deux, Sierra avait promis d'aller les voir le lendemain.

Au cours du petit déjeuner, quand elle prévint Dominic qu'elle rentrerait plus tard parce qu'elle allait chez Pam et Frankie voir *Star Trek*, il la regarda en haussant les sourcils.

— Pourquoi ne les invites-tu pas plutôt à venir ici ?

Sierra le dévisagea, étonnée.

— Cela ne me dérangera pas, poursuivit-il en se versant sa seconde tasse de café. Je serai dans mon bureau, comme d'habitude. Et ton jeune ami préférera sans doute regarder ses héros sur un écran géant.

Frankie fut fou de joie. Il sauta presque sur place en arrivant à l'appartement. Il avait meilleure mine, constata Sierra avec plaisir. Tous les examens médicaux avaient été pratiqués, expliqua Pam pendant que son fils se dirigeait vers la baie vitrée. Et les résultats allaient dans le bon sens. Malheureusement, elle-même ne remplissait pas les conditions pour pouvoir lui donner un rein, ni sa sœur. Par conséquent, il allait falloir être patient et attendre qu'un donneur compatible soit trouvé.

— Maman, viens voir ! appela Frankie en levant les yeux vers le ciel. C'est vraiment comme si on était dans les arbres !

— Ne crie pas si fort ! répliqua Pam en le rejoignant. Tu vas déranger le mari de Sierra, il travaille dans son bureau.

En effet. Dominic s'était éclipsé aussitôt après le dîner en disant qu'il les laissait tranquilles.

Mais plus tard, alors qu'ils étaient installés tous les trois devant *Star Trek*, Sierra entendit du bruit du côté de la porte et se retourna. Dominic les observait, l'épaule appuyée contre le chambranle.

— Je vais faire du pop-corn, dit-il. Ça t'intéresse, Frankie ?

— Ouaiiiiiis ! s'écria celui-ci en souriant jusqu'aux oreilles. Je peux t'aider, si tu veux ?

Ils disparurent tous les deux dans la cuisine, laissant Sierra et Pam bavarder au salon. Quand ils revinrent avec un grand compotier empli jusqu'à ras bord de pop-corn, Dominic le déposa sur la table basse avant de s'installer à côté de Frankie sur le sofa. Puis ils regardèrent *Star Trek*, l'air aussi absorbé l'un que l'autre.

Se tournant discrètement vers Pam, Sierra lui adressa un clin d'œil malicieux, auquel son amie répondit par un petit hochement de tête entendu.

Une fois le film terminé, Frankie dit à Dominic que son appartement ressemblait *exactement* à une maison dans les arbres qu'il avait dessinée.

— Tu dessines des maisons dans les arbres ? demanda Dominic en se levant.

Il se dirigea vers un meuble à tiroirs dont il sortit une boîte d'archives en carton.

— Moi aussi, j'en ai dessiné quand j'avais à peu près ton âge, dit-il en ouvrant la boîte.

Quand il montra à Frankie ses dessins et plans d'enfant, celui-ci poussa un cri admiratif.

— Elles sont *super* cool ! s'exclama-t-il, les yeux brillants. Viens voir, maman ! J'adore celle-là, c'est ma préférée !

— Moi, je préfère celle-ci, répliqua Dominic en lui tendant un croquis encore plus élaboré.

— Waouh ! murmura Frankie en levant un regard émerveillé et admiratif vers son nouvel ami.

Quelques instants plus tard, Sierra ayant proposé de préparer du chocolat chaud, Pam l'accompagnait à la cuisine.

— Je croyais que tu avais épousé un type arrogant…,

chuchota-t-elle en haussant un sourcil malicieux. Moi, je le trouve très sympathique, ton mari !

— Moi aussi.

Elle le trouvait même… adorable. Surtout ce soir. Son comportement vis-à-vis de Frankie ne faisait qu'accroître son amour pour lui. La gentillesse qu'il témoignait au jeune garçon, l'intérêt qu'il lui manifestait, émouvaient profondément Sierra. D'autant que Dominic ne jouait pas la comédie — elle le connaissait suffisamment pour savoir qu'il était *sincère*. Et ce constat lui fit chaud au cœur.

— Votre père voudrait vous parler, dit la remplaçante de Shyla, cette dernière étant partie en congé maternité.

Incroyable, il n'avait pas le ventre noué à la simple perspective d'entendre la voix de son père ! réalisa Dominic avec étonnement. Toutefois, il demeurait méfiant…

— Salut, papa ! Comment vas-tu ? Cela faisait un moment…

— J'étais occupé, répliqua son père d'un ton neutre. Par la préparation d'une réception.

— Ah… ? Une réception ?

— Oui, je me suis dit que je pouvais bien vous offrir ça, pour fêter votre mariage.

*Une réception pour eux ? En l'honneur de leur mariage ?*

— Nous n'avons pas besoin de…

— Au contraire ! coupa Douglas d'une voix douce mais impérieuse. Il est temps de présenter ta femme à nos amis et partenaires, tu ne crois pas ? À moins que tu n'aies honte d'elle.

Dominic fronça les sourcils.

— Non. Je n'ai *pas* honte de Sierra, répliqua-t-il, les mâchoires crispées.

— Parfait. Et tu l'as *réellement* épousée, n'est-ce pas ?

— Oui, évidemment ! Tu ne t'imagines tout de même

pas que je l'ai amenée au Sabre juste pour t'embêter ? Pour marquer un point ?

— Pourtant, c'est pour cela que tu l'as fait, non ?

Dominic se passa la main dans les cheveux.

— Nous nous sommes mariés pour des raisons qui ne regardent qu'elle et moi !

Sa réponse lui valut un rire hautain de la part de son père.

— Pauvre idiot !

— J'aurais été encore plus idiot de te laisser me choisir une épouse et diriger ma vie ! riposta sèchement Dominic.

— Alors, tu as préféré épouser une femme totalement inappropriée !

Cette fois, il ne put contenir sa colère.

— En quoi Sierra serait-elle *inappropriée* ?

— Tu crois vraiment qu'elle saura être à la hauteur ? Que tout le monde l'accueillera à bras ouverts quand elle viendra à la Fondation Wolfe ? Que personne ne sera choqué en la voyant arriver, avec ses cheveux vio…

— Pourquoi les gens se soucieraient-ils de la couleur de ses cheveux, du moment que les billets qu'on leur donne sont toujours verts ?

— Ce n'est pas d'eux que je parle ! rétorqua vivement Douglas. Mais des membres du comité !

— Tant pis pour eux.

— Tant pis pour eux ! répéta son père d'un ton moqueur. Pour l'amour du ciel, tu es aveugle, ou quoi ?

Dominic savait exactement à quoi il faisait allusion et cela ne fit qu'exacerber sa rage.

— Ils n'ont qu'à creuser un peu, répliqua-t-il. Il serait temps qu'ils se réveillent et se rendent compte que tout le monde ne s'habille pas de la même façon qu'eux.

— Aurais-tu épousé Sierra dans le but de leur ouvrir les yeux ?

— Bien sûr que non ! Mais…

— Non, en effet. Tu l'as épousée uniquement pour me

river mon clou. Mais dis-moi, est-ce que tu as pensé aux conséquences que ta décision… hâtive aurait sur Sierra ?

Parce que maintenant il entendait la faire passer pour une victime ? Il ne connaissait vraiment pas Sierra…

— Elle n'était pas forcée d'accepter !

— Pourquoi l'a-t-elle fait ?

La question lui fit l'effet d'un coup de poing dans le ventre. Son père semblait sous-entendre que Sierra n'avait pas eu plus de raisons de l'épouser que Carin — qui n'en avait eu aucune.

— Va te faire voir ! dit-il entre ses dents.

— Excuse-moi, répliqua son père à la hâte. Je ne voulais…

Il s'interrompit, s'éclaircit la voix.

— J'organise une réception pour vous, Dominic. Pour toi et Sierra.

— Pourquoi ? Pour pouvoir l'humilier devant tout le monde ? demanda-t-il avec amertume.

— Si tu penses ce que tu viens de dire, tu n'es pas mon fils.

— *Pourquoi*, alors ?

— Par solidarité familiale. Parce qu'elle est ta femme et par conséquent ma bru. Sierra est une Wolfe, désormais.

— Elle en a de la chance ! marmonna Dominic. OK, organise ta réception. Et invite tout New York si cela te chante !

# 8.

— Une réception ? Pour fêter notre mariage ? s'exclama Sierra, l'air ravi.

En ce dimanche après-midi ensoleillé, ils se promenaient à Central Park lorsque Dominic s'était décidé à lui annoncer la nouvelle.

— C'est vraiment gentil de sa part, ajouta-t-elle en souriant avec chaleur.

Il n'y avait aucune gentillesse dans l'initiative de Douglas. Sous couvert de solidarité familiale, il espérait déstabiliser Sierra, Dominic n'en doutait pas un instant. La mettre mal à l'aise et démontrer à son fils qu'elle n'était pas *appropriée*. Ni une Wolfe.

Personnellement, il se fichait bien de ce que les différents convives pourraient penser de sa femme. Mais ils les connaissaient suffisamment pour savoir qu'à leur façon polie et hautaine ils lui feraient sentir qu'elle n'était pas des leurs.

Or, il était exclu de les laisser l'incommoder ou la blesser.

Cependant, Dominic ne savait comment protéger Sierra. Il ne pouvait pas lui demander de se teindre les cheveux en brun, ni lui offrir une robe achetée chez un grand couturier. Parce qu'il ne voulait surtout pas qu'elle croie qu'il puisse être embarrassé de s'afficher avec elle, car ce n'était absolument pas le cas.

Ce qui le préoccupait — et le frustrait le plus —, c'était qu'elle s'obstine à dormir dans son studio. Mais ça, personne n'avait besoin de le savoir !

— Quand, et où, aura-t-elle lieu, cette réception ? demanda-t-elle en se tournant vers lui.

Douglas l'avait justement appelé en début d'après-midi pour lui donner les informations pratiques.

— Vendredi prochain. Mon père a loué un yacht pour l'occasion. Nous partirons de l'extrémité nord de l'île et longerons Manhattan par l'East River, avant de nous diriger vers la statue de la Liberté.

— Fantastique ! s'extasia-t-elle, les yeux brillants. Ça va être follement romantique, le coucher de soleil avec les gratte-ciel en toile de fond !

— Et trois cents invités triés sur le volet parmi les plus proches amis et partenaires en affaires de Douglas Wolfe.

— Oh…, murmura-t-elle en battant des cils. Trois cents… Mais Rhys et Mariah seront là, n'est-ce pas ?

— Bien sûr. Nathan aussi. Mon père m'a dit qu'il lui avait demandé de venir et apparemment, il a accepté.

Nathan, le jeune frère photographe globe-trotter, avait réussi à échapper à toute obligation familiale. Enfin, presque. Cette fois, Douglas comptait manifestement sur la solidarité de toute la famille, même s'il devait aller chercher les récalcitrants à l'autre bout de la planète.

— Je suis impatiente de faire sa connaissance. Il te ressemble ?

— Pas vraiment. Il n'a jamais possédé un seul costume.

— Formidable ! répliqua Sierra avec malice.

Son regard s'assombrit soudain.

— Sérieusement, on va faire la fête, non ? reprit-elle.

— Bien sûr ! répliqua Dominic en se forçant à sourire.

Et si quelqu'un osait embêter sa femme, il ou elle aurait intérêt à savoir nager !

Finalement, elle aurait peut-être dû se faire une coloration…, songea de nouveau Sierra.

Cela faisait une heure qu'ils étaient montés à bord du yacht — qui ressemblait plutôt à un paquebot —, et elle se sentait de plus en plus nerveuse.

De son côté, Dominic semblait presque aussi nerveux qu'elle, alors qu'il n'avait aucune raison d'appréhender cette soirée. Il s'agissait de *ses* amis autant que de ceux de Douglas, après tout. De *ses* partenaires en affaires, sélectionnés dans *leur* univers. Heureusement que Finn et Izzy venaient avec les enfants, ainsi que Chloe, Gib et Brendan, et quelques amis dont elle avait glissé le nom à Dominic. Et Rhys et Mariah, bien sûr, et Nathan. Ainsi que Pam, évidemment.

D'ordinaire, Sierra ne s'inquiétait pas de se retrouver au milieu d'inconnus. Elle évoluait tranquillement parmi eux, adressant quelques mots à l'un ou l'autre, engageant parfois une conversation plus poussée. Mais ce soir-là, elle avait le sentiment d'être immergée au sein d'un univers régi par des codes qu'elle ignorait. Or, elle ne voulait pas commettre d'impair. Ni embarrasser Dominic.

Donc elle aurait dû se faire une coloration… Brune.

Mais bon, elle avait les cheveux violines — et alors ? Elle les avait lissés avec soin et choisi de porter un chapeau à larges bords rose pivoine, qui allait à merveille avec sa robe en soie, tout en nuances de violets et de roses, courte, sans manches et au décolleté ras du cou. Très simple, pas vraiment classique, mais assez *classe*, au fond…

— Ils arrivent, vint les prévenir Rhys.

*Ils*, c'est-à-dire les invités. Que Dominic, son père et elle-même allaient accueillir ensemble…

— De façon à ce que tout le monde puisse faire la connaissance de l'épouse de Dominic, avait dit Douglas en souriant. Cela ne prendra pas longtemps. Ensuite, vous pourrez faire ce que vous voudrez jusqu'au dîner.

S'interrompant, il avait reculé d'un pas pour la dévisager de la tête aux pieds.

— Vous êtes superbe, ma chère.

Comme il avait l'air sincère, Sierra avait répondu à son sourire, puis posé la main sur le bras de Dominic, vêtu d'un somptueux smoking noir.

— Ça va ? lui avait-il alors demandé, l'air inquiet.

— Oui, très bien…, avait-elle affirmé avec son sourire le plus éblouissant.

Personne ne se montra grossier avec elle. Pas ouvertement, du moins. Tous étaient trop bien élevés pour cela, trop corrects et policés. Mais du coin de l'œil, Dominic entrevoyait les regards dédaigneux posés sur Sierra, entendait les remarques désobligeantes, voire blessantes. Surtout de la part des femmes, bien sûr.

Les mâchoires serrées, il souriait à tout le monde, prononçait les mots qu'il fallait. En espérant qu'elle ne percevait pas la désapprobation dont elle était l'objet.

En tout cas, elle demeurait aussi chaleureuse et amicale que d'habitude. Elle étincelait, comme un joyau.

Non seulement elle était ravissante, dans cette robe simple et chic à la fois mettant en valeur son corps mince et ses formes au galbe délicieusement féminin — dont la jouissance lui était interdite —, mais sa véritable beauté venait de l'intérieur, pas de son look.

— Qu'est-ce qui a bien pu lui passer par la tête ? chuchota une voix féminine derrière lui, sur sa gauche.

Tournant légèrement les yeux, il aperçut Sylvia Ponsonby-Merril, ancienne amie et partenaire de bridge de sa mère, qui chaussait d'élégantes lunettes pour mieux jauger Sierra.

— Je me le demande !

Il reconnut la voix plus jeune et plus sophistiquée. Celle de Marjorie.

— En fait, je crois qu'il n'a pas dû penser avec la *tête*, si vous voyez ce que je veux dire ! poursuivit celle-ci.

De son côté, Sierra bavardait avec Talitha Thomas, la

veuve de l'un des plus anciens amis de Douglas. Elle continua de causer en souriant, sans se troubler un seul instant, mais Dominic fut certain qu'elle avait entendu l'échange entre Sylvia et Marjorie.

Sur ces entrefaites, son père s'avançant vers eux pour les inviter à admirer le coucher de soleil sur le pont supérieur, Sierra proposa aussitôt gentiment à Talitha de les accompagner.

Au début, cela avait été horrible. Comme le premier jour d'école maternelle, quand on ne connaît presque personne et que l'on se sent abandonné et seul au monde.

Mais Sierra savait qu'il suffit souvent de faire le premier pas pour rompre la glace. Qu'en fait les autres sont aussi effrayés que vous.

Ce soir-là, c'était la même chose. En chaque personne que lui présentait Dominic, elle voyait un individu singulier et intéressant. Et elle s'attachait à poser de *vraies* questions à son interlocuteur, auxquelles il répondait d'abord poliment. Puis, après les premières réserves, il lui manifestait souvent un brin de chaleur.

Ce n'était pas le cas de tout le monde, bien entendu.

Elle s'en fichait complètement, se répétait-elle. Ce qu'elle ne supportait pas, c'était l'éventualité que l'on puisse avoir une mauvaise opinion de Dominic à cause d'elle.

Heureusement, la soirée lui réserva quelques bonnes surprises. La présence de Tally Thomas, par exemple. La piquante octogénaire avait fait partie de ses toutes premières clientes, à son arrivée à New York. Tally avait été une habituée du premier salon où elle avait été embauchée, et un jour où sa coiffeuse attitrée était absente, c'était Sierra qui s'était occupée d'elle.

À partir de ce jour, Tally n'avait plus voulu être coiffée que par elle et l'avait suivie dans les trois salons où elle avait travaillé plus tard. Jusqu'au moment où Sierra lui avait annoncé son prochain départ pour Paris. La vieille dame lui avait alors donné des leçons de français, qui s'étaient avérées très utiles par la suite.

Mais à son retour à New York, étant donné qu'elle s'était mise à travailler avec Finn et d'autres photographes de mode, Sierra n'avait plus eu l'occasion de revoir Tally. Aussi était-elle ravie de se retrouver nez à nez avec son ancienne amie ! Et de toute évidence, le plaisir était réciproque.

Alors qu'elles bavardaient toutes les deux, Sierra avait senti Dominic se crisper aux propos échangés derrière eux par deux invitées. Elle n'avait pu s'empêcher de se raidir elle aussi, mais en feignant de n'avoir rien entendu.

Ces deux femmes ne comptaient pas, de toute façon. Seuls les gens comme Tally étaient importants. Les personnes authentiques. Aimables. Généreuses.

Et Dominic.

— Je te présente Shyla, ma secrétaire, dit-il au même instant.

— Je suis si heureuse de faire votre connaissance ! s'exclama Sierra en lui serrant la main. Dominic m'a beaucoup parlé de vous ! Et il m'a dit que vous aviez accouché récemment : comment va votre petite Deirdre ?

Au bout de quelques instants, elles parlèrent de Dominic en riant comme de vieilles complices, tandis que de son côté il… *rougissait* — au grand ravissement de Sierra.

Lorsque Mariah vint les rejoindre pour les inviter à aller s'installer à table, il demanda de nouveau à Sierra :

— Ça va ?

Elle hocha la tête en souriant. Oui, tout allait très bien, même.

À la fin du dîner, raffiné et exquis, ils avaient coupé ensemble l'impressionnant gâteau, s'en étaient glissé réciproquement des petits morceaux entre les lèvres, puis, souriante et l'air heureux, Sierra avait dit qu'elle allait se repoudrer le nez.

Cela faisait maintenant une demi-heure qu'elle était partie.

— Le moment est venu d'ouvrir le bal, lui chuchota Rhys.

— Danse avec Mariah, répliqua Dominic.

— Nous ne sommes pas les mariés.

— Eh bien, faites semblant de l'être ! fit-il entre ses dents. Tu vois bien que Sierra n'est pas là !

— Comment ça ? Nous sommes sur un bateau, non ? Elle ne peut pas avoir disparu !

— Si. Elle m'a dit qu'elle allait aux toilettes et n'est pas réapparue depuis.

— Tu es allé vérifier si elle y était encore ?

— Bien sûr que non ! Ce ne sont pas des toilettes mixtes !

— Tu as demandé aux uns et aux autres s'ils l'avaient vue ?

— Le marié ne part pas à la recherche de sa femme, rétorqua Dominic d'un ton bourru.

— Tu veux que j'aille voir si je la trouve ?

— OK, acquiesça-t-il avec réticence. Mais ne dis pas que c'est moi qui t'ai envoyé !

— Croix de bois, croix de fer…

— OK, répéta Dominic. Vas-y !

Au moment où Rhys s'éloignait, trois femmes apparurent en riant et bavardant comme les plus vieilles amies du monde.

Sylvia Ponsonby-Merril, Marjorie… et Sierra.

Rhys revint sur ses pas en s'écartant pour les laisser passer, tandis que Dominic dévisageait le trio avec incrédulité.

— Je ne sais pas comment vous remercier, dit son ex à Sierra.

— Je vous en prie, répliqua gaiement celle-ci. La même chose m'est arrivée au mariage d'une amie. En pire : mon extension était tombée dans le potage !

Les deux autres la regardèrent en écarquillant les yeux, puis toutes trois éclatèrent de rire.

Après avoir repris son sérieux, Sylvia serra la main de Sierra dans la sienne.

— Je réfléchirai à ce dont vous m'avez parlé. Je ne m'étais jamais imaginée en blonde, mais cela me tente bien, maintenant…

Elle sourit à Dominic.

— Adorable, votre Sierra, lança-t-elle en passant à côté de lui.

Médusé, il croisa alors le regard de Marjorie, qui lui sourit à son tour en hochant la tête.

— Je la trouve vraiment très sympathique.

Lorsqu'il demanda ensuite à Sierra comment elle avait réussi à faire leur conquête, elle répondit simplement :

— Marjorie s'était fait poser une extension pour donner plus de volume à son chignon et quand nous sommes montés sur le pont avec ton père, le vent l'a détachée. Elle a voulu la remettre mais sans y parvenir, ni Sylvia.

Elle haussa une belle épaule ronde.

— Alors, je m'en suis occupée.

— Tu es venue à leur aide, après qu'elles…

Sierra lui posa un doigt sur les lèvres en souriant.

— Elles sont nos invitées. Et c'est vrai, ce que j'ai dit à Sylvia. Elle serait superbe, en blonde.

La nuit était magnifique. Magique. Les gratte-ciel de Manhattan scintillaient au loin, tandis que le soleil disparaissait à l'horizon, laissant la place à la lune.

Et pour la première fois depuis une éternité, Sierra se retrouvait dans les bras de Dominic.

Ils étaient obligés de danser ensemble, puisqu'il leur revenait d'ouvrir le bal. Et maintenant qu'il la tenait serrée contre lui, elle se repaissait de sa chaleur virile. Hélas, le morceau se terminant déjà, Douglas vint l'inviter à son tour. Puis ce fut Rhys, Nathan — qui ressemblait beaucoup à son frère aîné et lui avait emprunté un costume —, Finn, Gib. Suivis d'autres hommes, tous charmants et superbes.

De son côté, Dominic dansa avec Mariah, Izzy, Chloe, Pam. Et même avec Sylvia. Puis avec quantité de femmes ravissantes et sophistiquées.

Par hasard, ils se retrouvèrent côte à côte au début de la dernière danse. Leurs regards se croisèrent, restèrent soudés l'un à l'autre…

— Tu danses ? murmura-t-il en lui tendant la main.

Sierra la prit et sentit aussitôt un courant brûlant la parcourir.

À partir de cet instant, elle fut perdue. Elle fondit dans ses bras, s'abandonna contre son mari, en se demandant comment elle pourrait lui résister après cette soirée.

Quand les dernières notes de musique s'égrenèrent dans la nuit, il la repoussa doucement.

— Nous devrions peut-être partir en lune de miel, après tout, murmura-t-il.

Le cœur de Sierra fit un petit bond. Reculant d'un pas, elle le regarda dans les yeux. Mais il faisait trop sombre pour y distinguer autre chose que des ombres.

Cela n'empêcha pas la petite flamme de frémir au creux de sa poitrine, tandis qu'une joie immense se déployait dans son cœur.

# 9.

— En lune de miel ? répéta Douglas d'un ton surpris. Et où partez-vous ?

— Je ne sais pas encore, répondit Dominic, un peu agacé.

Il savait seulement que c'était une bonne idée. Et il avait décidé de ne pas se poser de questions. Sierra avait eu raison, la première fois qu'elle en avait parlé, après ce malentendu avec Bruce. S'ils voulaient faire quelque chose de leur mariage, ils devaient s'isoler, être seuls tous les deux, loin du quotidien.

— Tu veux vraiment oublier le passé et avancer ? demanda soudain Nathan.

Il était installé dans un fauteuil avec un magazine qu'il feuilletait d'un air distrait en attendant que son père soit prêt à partir. Douglas et lui se rendaient en effet tous les deux à Long Island pour quelques jours et s'étaient arrêtés en chemin au bureau de Dominic.

— Qu'est-ce que tu fais ici ? s'était exclamé Douglas en arrivant. Tu abandonnes ta femme un samedi ? Et le lendemain de la réception organisée en l'honneur de votre mariage, en plus ? Méfie-toi, Dominic : tu vas la perdre… !

— C'est justement pour ne pas la perdre que je suis au bureau aujourd'hui ! avait riposté Dominic. Je dois régler quelques détails avant de partir avec elle en lune de miel.

— Tu devrais l'emmener aux Bahamas, poursuivit tranquillement son frère.

Dominic le foudroya du regard.

— Pardon ? Emmener Sierra là où je me suis fait *plaquer* la dernière fois que j'y ai mis les pieds ?

— Tu n'y es jamais retourné depuis ?

— Non. Pourquoi y serais-je retourné ?

— Pour avancer, par exemple, répliqua Nathan avec un haussement d'épaules.

Dominic frappa du poing sur son bureau.

— *J'ai* avancé !

— Je vois ça…, murmura son frère en se levant.

Il se mit à arpenter la pièce, laissa tomber son magazine sur la table basse, puis jeta un coup d'œil à sa montre.

— Allons-y, papa. Il ne viendra pas avec nous et j'aimerais bien pêcher un peu avant de repartir.

— Tu as raison, acquiesça Douglas en se levant à son tour.

Il regarda Dominic.

— C'est une bonne idée, cette lune de miel.

Sur ces paroles, il tourna les talons pour se diriger vers la porte.

— Et les Bahamas aussi, c'est une bonne idée, reprit-il en se retournant. Si tu veux que ton mariage fonctionne, il faut d'abord te débarrasser *complètement* du passé, mon fils.

Sierra était déjà allée aux Bahamas. À Nassau. Pour le travail, dans un endroit paradisiaque.

« Nous possédons une villa là-bas, avait expliqué Dominic. Sur une île située un peu plus à l'ouest. Il y a une petite ville — ou plutôt un gros village —, un port de pêche et quelques maisons disséminées le long d'une immense plage de sable rose, où il ne vient quasiment personne. »

Après avoir atterri à l'aéroport le plus proche de l'île, ils avaient pris un bateau-taxi pour aller jusqu'à Pelican Cay, qui ressemblait à un paysage de carte postale, découvrit bientôt Sierra. Émerveillée, elle contempla les maisons aux teintes pastel perchées sur la colline dominant le port, les rues étroites s'enfonçant dans la petite ville…

Au-delà, on apercevait une végétation dense et luxuriante aux couleurs vibrantes.

Un vieil homme prénommé Maurice les attendait à leur descente de bateau. Après s'être incliné brièvement devant Sierra et lui avoir pris sa valise de la main, il les invita à monter à bord d'une jeep violette.

— Ma voiture est assortie à vos cheveux, dit-il en souriant.

Dominic resta silencieux. Il semblait nerveux, mal à l'aise, remarqua Sierra tandis qu'il s'installait à l'avant du véhicule, à côté de Maurice.

— Cette île me plaît énormément, fit-elle quand il se retourna vers elle. Merci de m'y avoir amenée.

— Je t'en prie, répliqua-t-il avec politesse, et sans sourire.

— Nous sommes ravis de vous revoir, Dominic, dit alors Maurice en tournant la tête vers lui. Vous nous avez manqué.

— Merci, lâcha-t-il brièvement.

— Maintenant que vous êtes revenu, vous allez avoir l'impression de n'être jamais parti ! Vous ne connaîtrez que du bonheur, désormais, poursuivit le vieil homme avec bonhomie. Vous êtes en lune de miel, c'est ça ?

— Oui, répondit Dominic, après une légère hésitation.

— Vous allez être bien tranquilles ! Vous pouvez compter sur Estelle et moi pour ne pas vous déranger !

— Nous sommes déjà mariés depuis un moment, dit-il d'un ton guindé.

— C'est vrai, enchaîna Sierra. Mais je vous remercie — nous apprécierons d'être au calme !

Elle et Maurice éclatèrent d'un rire complice, tandis que Dominic chaussait de nouveau ses lunettes noires, ôtées pour saluer Maurice. Mais il en fallait plus pour décourager Sierra. Ils étaient bel et bien en lune de miel — et ils allaient apprendre à se connaître. Par conséquent, il leur faudrait être *vraiment* eux-mêmes, s'ils désiraient construire quelque chose ensemble. Ils ne pouvaient se permettre de jouer la comédie.

Pourquoi diable avait-il écouté son frère ? Comme si Nathan s'y connaissait en matière de mariage ! Lui qui n'avait jamais entretenu de relation suivie avec une femme ! Pas à la connaissance de Dominic, en tout cas.

Après le départ de Douglas et Nathan, il était rentré à l'appartement et avait pris les dernières dispositions pour pouvoir partir aux Bahamas.

C'était l'endroit rêvé pour leur lune de miel ! avait-il dit à Sierra avec enthousiasme.

Mais plus ils se rapprochaient de la villa et plus Dominic en doutait. Il avait même carrément l'impression d'étouffer.

Dès qu'il avait aperçu la petite ville, les souvenirs avaient afflué. Tous les souvenirs. Tous les espoirs. Et la catastrophe finale.

Puis Maurice était apparu, qui les attendait à côté de la jeep. À la demande de Douglas, évidemment. Ce même Maurice qui était venu lui annoncer que Carin avait disparu. Qui lui avait tapoté l'épaule et dit avec tristesse : « Elle a peut-être paniqué, qui sait ? »

Maurice savait. Et Sierra ? Était-elle au courant ?

Sans doute. Il ne lui avait rien dit, mais Mariah avait dû tout lui raconter, après en avoir entendu parler par Rhys. D'autant plus qu'ils étaient venus aux Bahamas deux mois plus tôt avec les jumeaux.

En tout cas, Sierra paraissait ravie. Tout l'enthousiasmait, l'enchantait. Elle regardait autour d'elle avec curiosité, faisait des commentaires, posait des questions.

Lorsque Maurice s'engagea dans la longue allée conduisant à la villa, puis que la végétation touffue s'ouvrit soudain sur les jardins entourant la maison, elle poussa de véritables cris de joie.

— Que c'est beau ! s'exclama-t-elle.

Ensuite, elle aperçut la plage et la mer turquoise qui miroitait sous les rayons du soleil.

— Quelle merveille ! s'extasia-t-elle en passant les bras autour des épaules de Dominic.

Son souffle doux lui effleura le cou, lui caressa l'oreille.

Il s'agissait de Sierra. Non de Carin.

Et c'était le présent. Pas le passé.

D'autre part, ils étaient *déjà* mariés. Ne restait plus qu'à faire fonctionner leur couple.

Maurice coupa le contact et descendit de la jeep ; Dominic fit de même avant de tendre la main à Sierra.

Elle resta un instant immobile, rajusta son chapeau de toile rose clair, puis fit le tour du bassin, où nageaient des poissons multicolores.

— J'adore cet endroit ! dit-elle en revenant vers lui.

Quand elle lui passa un bras autour de la taille pour mieux se serrer contre lui, Dominic sentit ses craintes et ses souvenirs douloureux s'estomper peu à peu.

Soudain, il eut du mal à croire à ce mariage lointain qui n'avait jamais eu lieu. Au choc terrible et à l'humiliation subis douze ans plus tôt.

Le présent semblait si coloré, si vivace, si prometteur, avec cette femme vibrante dont le corps mince et doux s'appuyait contre le sien…

Ils avaient à peine pénétré dans la villa qu'elle se tourna vers lui, un sourire radieux aux lèvres.

— On va se baigner ?

— Maintenant ? répliqua Dominic, surpris.

Mais pourquoi pas, après tout ? Il ne souhaitait pas particulièrement rester enfermé. Ni prendre le risque de croiser des fantômes malvenus.

— Bonne idée ! enchaîna-t-il en souriant à son tour.

Lorsqu'elle vint le rejoindre quelques instants plus tard, dans un maillot une pièce couleur prune, la peau luisante d'écran solaire et les cheveux enduits d'huile, Dominic s'efforça de contrôler les réactions sans équivoque de sa libido.

— C'est pour éviter que la mer ne devienne violette, dit-elle en se passant la main sur les cheveux. Non, je plaisante ! C'est pour les protéger du sel et du soleil.

— Pas de problème !

Côte à côte, ils s'avancèrent vers la plage et il enlaça ses doigts aux siens.

— Incroyable ! s'exclama-t-elle, sans dégager sa main. C'est un vrai paradis et il n'y a personne !

— Eh bien, faisons-en notre paradis privé, murmura-t-il.

Une fois sur la plage, elle courut vers l'eau en l'entraînant avec lui.

Quand avait-il couru ainsi dans les vagues ? Pas depuis l'adolescence…

Cela lui fit un bien fou. C'était délicieux, libérateur.

Lui lâchant soudain la main, Sierra plongea sous une petite vague. Dominic l'imita. Ils se redressèrent en même temps en s'ébrouant et en riant.

— C'est comme un bain chaud ! s'extasia-t-elle. Quelle merveille…

Elle plongea sous une nouvelle vague avant d'émerger, les cheveux ruisselant sur ses épaules, et lorsqu'elle lui sourit, elle était si belle, si vivante et si désirable qu'il en eut la gorge nouée.

Après être sortis de l'eau, ils s'allongèrent sur la plage de sable rose. Sur le ventre, le visage tourné l'un vers l'autre. Sierra lui sourit de nouveau. Il lui sourit.

Dominic aurait été incapable de dire depuis combien de temps ils étaient ainsi étendus sur la plage. Sierra avait fermé les yeux et semblait dormir. Soudain, il eut envie de lui murmurer qu'il l'aimait. Les mots lui montèrent aux lèvres, mais il les retint. Il ne pouvait pas les prononcer. Il ne l'avait pas fait depuis des années et il avait l'impression qu'il ne pourrait plus jamais dire ces trois petits mots magiques.

Et pourtant, il ne pouvait plus imaginer de vivre sans elle.

À présent, le soleil était moins fort et elle s'était enduite d'écran solaire, mais avec sa peau claire, mieux valait se méfier, réalisa-t-il tout à coup.

— Sierra ? dit-il doucement en lui effleurant l'épaule.

Lentement, elle ouvrit les yeux et sourit.

— Hello.

La lueur couvant au fond de son regard fusa directement dans la partie la plus virile de son anatomie. S'y propagea. Son désir pour Sierra avait pris une intensité nouvelle, inconnue.

— Prête pour goûter au dîner préparé par Estelle ?

Elle se redressa sur les genoux.

— Archi prête ! s'exclama-t-elle en se redressant sur les genoux. Je meurs de faim ! Et excuse-moi de m'être endormie. Tu as dû trouver le temps long. Pourquoi n'en as-tu pas profité pour aller travailler un…

— Non.

Elle le dévisagea d'un air surpris.

— Non ? répéta-t-elle.

— Non, confirma Dominic. C'est notre lune de miel, alors nous allons nous consacrer exclusivement l'un à l'autre.

Le sourire qui illumina son visage aux traits fins lui coupa le souffle. Puis elle se leva d'un mouvement gracieux, lui prit les mains avant de se hausser sur la pointe des pieds pour effleurer ses lèvres avec les siennes.

— Merci, dit-elle doucement.

— Tout le plaisir est pour moi.

Bien plus tard ce soir-là, alors qu'il éteignait les lampes et s'apprêtait à rejoindre Sierra au lit, Dominic comprit qu'il n'avait plus songé un seul instant à Carin. Ni à la dernière fois qu'il était venu à Pelican Cay.

Le moment était venu de partager à nouveau le lit de Dominic. De *faire l'amour* avec lui comme si c'était la première fois. Consciemment. Pleinement.

Sierra ne savait pas s'il l'aimait. Mais depuis la réception offerte par Douglas, elle sentait que quelque chose avait basculé en lui.

Alors qu'elle se préparait à se coucher, elle fut soudain en proie à un embarras étrange. Ce qui allait se passer n'avait rien à voir avec leurs folles étreintes sauvages, pressentit-elle. Durant cette séparation, ils avaient franchi un cap tous les deux. Et maintenant, c'était en quelque sorte un nouveau Dominic et une nouvelle Sierra qui allaient se retrouver.

Elle s'allongea sur le lit et attendit, vêtue de la chemise de nuit offerte par Mariah juste avant leur départ, très simple et très belle, en soie blanche.

« Je sais que ce n'est pas une nuit de noces traditionnelle, mais c'est aussi important, sinon plus. Alors, il te faut une tenue spéciale… », lui avait expliqué sa sœur en la lui donnant.

Et soudain, il apparut sur le seuil, vêtu d'un simple caleçon noir. Il resta immobile à la contempler, les traits indéchiffrables.

Dominic. Son mari. Superbe, et si viril.

Le désir monta en Sierra, irrépressible. Aussi intense que les autres fois, mais différent. Parce que l'amour qu'elle éprouvait pour lui avait pris une dimension plus profonde, presque empreinte de gravité.

En revanche, elle ne ressentait plus aucun embarras.

— Pas de cravate, ce soir ? demanda-t-elle d'un ton taquin.

Le visage de Dominic se détendit, un sourire s'épanouit sur sa belle bouche.

— Mince ! Je n'en ai pas emporté une seule !

— Ne t'inquiète pas, répliqua Sierra en lui tendant les bras. Nous allons improviser…

Ils improvisèrent, en effet. Ils s'embrassèrent, se caressèrent, avec leurs mains, leur bouche, tout leur corps. Et quand Dominic se redressa avant de s'installer entre ses jambes, elle lui referma les doigts sur les reins avec émotion.

— Oui, viens, murmura-t-elle. Maintenant, je suis prête. Pour toi.

Il n'y eut pas de provocation, cette fois. Pas de lutte. Seulement du désir et de la passion partagés, et le besoin ardent de ne plus faire qu'un.

Sans dire un mot, il la pénétra, la comblant tout à fait. Sierra se sentit entière. Elle eut soudain l'impression merveilleuse d'être enfin arrivée chez elle.

Basculant les hanches pour mieux l'accueillir, elle entendit Dominic pousser un râle rauque.

— Dominic ? chuchota-t-elle. Ça va ?

— Si ça va ? s'exclama-t-il d'un ton incrédule. Je ne me suis jamais senti aussi bien de ma vie !

Ensuite, il se mit à bouger. Lentement, voluptueusement. Puis il augmenta la cadence et l'intensité de ses coups de reins. Les jambes arrimées autour de ses hanches, Sierra creusa les reins pour mieux s'accorder à son rythme.

Il s'enfonça une dernière fois puis s'immobilisa, trembla violemment et s'abandonna dans ses bras. En même temps qu'elle s'envolait dans la jouissance en criant son prénom.

Le lendemain, ils dansèrent en chantant sur la plage — sous la pluie ! Puis Dominic la souleva dans ses bras et courut vers la mer avant de plonger sous une vague avec son précieux fardeau.

Lorsque la pluie cessa, ils regagnèrent la plage et s'allongèrent sur le sable mouillé, le souffle court et affamés l'un de l'autre.

— Je pourrais te faire l'amour ici et maintenant, murmura-t-il.

— Oui, si nous étions seuls, répliqua Sierra en tournant

les yeux vers deux petites filles qui jouaient à l'autre extrémité de la plage.

— Elles ne se rendraient compte de rien.

— Tu parles ! s'exclama-t-elle en se redressant d'un bond. Rentrons à la villa !

Dominic ne se le fit pas dire deux fois et, bientôt ils firent l'amour sous la douche avant de recommencer au lit.

Ils étaient à peine rhabillés qu'Estelle arriva pour faire le ménage.

— Nous vous laissons travailler, dit Dominic en souriant à la femme de Maurice.

Puis il prit Sierra par la main et l'entraîna de nouveau vers la plage. Mais cette fois ils ne se baignèrent pas. Ils s'agenouillèrent dans le sable et entreprirent de construire un château en bavardant.

— Nous en ferons aussi avec nos enfants, dit-il en peaufinant les créneaux du donjon.

Stupéfaite, elle leva les yeux vers lui.

— Nos enfants ?

— Tu veux en avoir, non ? Tu les adores : Frankie, Stephens et Lizzie…

— Bien sûr que je veux avoir des enfants ! coupa-t-elle, les joues roses et les yeux brillants. Mais je ne savais pas si tu…

L'air soudain mal à l'aise, elle laissa sa phrase en suspens.

— Je veux en avoir moi aussi, dit-il d'une voix ferme. Garçons ou filles, peu importe.

Agenouillés de part et d'autre du château de sable, ils se regardèrent dans les yeux en silence, puis se rapprochèrent pour s'embrasser à pleine bouche — sans se soucier de démolir leur œuvre…

Dominic s'écarta doucement de Sierra et se redressa avant de lui prendre les mains pour l'aider à se relever.

— Je me demande si Estelle a terminé de faire le ménage, murmura-t-elle.

— Ne t'en fais pas : si ce n'est pas le cas, je vais lui dire que c'est bon pour aujourd'hui ! répliqua-t-il en riant.

— Tu veux m'en parler ? lui demanda Sierra, blottie contre lui après avoir fait l'amour.

Si elle ne lui avait pas posé de question, il ne lui en aurait jamais parlé. Seulement voilà, au cours de l'après-midi, alors qu'ils pêchaient avec Victor, le frère de Maurice, celui-ci avait dit tout à coup :

— Ça faisait des années qu'on ne vous avait pas vu ! Pas depuis votre mariage raté…

Victor s'était aussitôt interrompu, avant de reprendre la parole l'instant d'après, pour parler de tout autre chose.

Mais le sujet planait depuis au-dessus de leur tête.

Si Dominic ne répondait pas, elle n'insisterait pas, il en était certain. Mais puisqu'elle avait abordé la question, il ne voyait soudain plus de raison de se taire.

— C'est arrivé l'année qui a suivi la mort de ma mère, commença-t-il d'une voix sourde. J'avais vingt-quatre ans et je venais de terminer ma maîtrise en administration des affaires, mais je travaillais déjà pour Wolfe Enterprises en parallèle — sous l'égide de mon père, bien sûr. Après la fin de mes études, je l'ai rejoint au siège de l'entreprise, à New York, et je suis vite devenu son bras droit. J'adorais mon travail et en même temps ma mère me manquait. Comme elle manquait à Douglas. Rhys avait Sarah, et Nathan, sa passion pour la photographie. Mais mon père et moi, nous étions… un peu perdus, j'imagine. Et un jour, il m'a dit que je devrais me marier.

Roulant sur le dos, il croisa les bras sous sa tête et regarda le plafond, où tournait paresseusement le ventilateur.

— J'ai pensé qu'il avait raison, même si je n'avais aucune femme en vue. Quelques jours plus tard, il en a reparlé et dit qu'un homme d'affaires qu'il connaissait bien avait une fille superbe. « Tu devrais la voir et l'épouser ! » a-t-il ajouté en plaisantant. Mais l'idée était lancée, en quelque sorte.

Dominic soupira. Il avait été si naïf, à l'époque…

— Alors on m'a présenté Carin, qui était très jolie.

— Vraiment ? fit Sierra d'une toute petite voix en se blottissant contre lui.

— Oui, très jolie, répéta-t-il sincèrement. Mais pas comme toi. Elle ne me faisait pas… vibrer. Elle achevait ses études d'arts plastiques et passait l'été à New York, alors nous avons commencé à sortir ensemble.

Il se revit avec Carin à Long Island. Il l'avait emmenée naviguer et elle en avait été enchantée. Elle adorait tout ce qu'ils faisaient. Tandis que lui était charmé par sa fraîcheur, son innocence. Quand il lui avait demandé si elle voulait l'épouser, cela avait paru à Dominic la chose la plus évidente du monde. Et il n'avait pas été surpris qu'elle accepte.

— Juste comme ça ? demanda Sierra en redressant brièvement la tête.

— Nous avions passé plus de temps ensemble que toi et moi avant de nous marier, lui fit-il remarquer.

— Continue, dit-elle en lui caressant la poitrine.

— Comme elle adorait la voile, j'ai pensé que ce serait une bonne idée de nous marier ici, à Pelican Cay. Quand je lui en ai parlé, elle a dit que ce serait merveilleux et la décision a été prise dans la foulée. Comme je travaillais, elle est venue ici avant moi — l'un de nous deux devait habiter sur place depuis au minimum trois semaines pour que le mariage soit possible. Ensuite, les invités sont arrivés. Mais moi, je me trouvais toujours à New York, retenu par une affaire importante, et je n'ai pris l'avion que la veille du jour J.

Il s'interrompit, déglutit.

— Je suis arrivé juste avant le début de la répétition du mariage. Et il y a eu un problème, parce que la demoiselle d'honneur de la mariée ne pouvait nous rejoindre que le lendemain matin. Quant à Nathan, qui devait être mon témoin, il avait reçu un appel d'un magazine qui l'envoyait en reportage. Alors il est parti, en demandant à Rhys de le remplacer. J'aurais dû comprendre que c'était mauvais signe, que tout allait foirer.

De son côté, Carin n'avait pas dit grand-chose, se rappela Dominic. Elle lui avait demandé comment il allait et il avait répondu qu'il avait hâte que tout soit terminé. Il entendait par là qu'il avait hâte d'être marié. Et d'aller au lit avec elle.

— Je lui ai à peine parlé, dit-il à Sierra. Je lui ai souhaité bonne nuit, avant d'ajouter qu'on se retrouverait le lendemain matin. Mais je ne l'ai jamais revue.

Il se souvenait encore des préparatifs de dernière minute, puis d'avoir attendu avec Rhys près de la véranda, à côté des bougainvillées.

L'attente avait été interminable. Les invités avaient commencé à manifester leur impatience. Discrètement, puis de plus en plus bruyamment.

Rhys l'avait regardé en souriant et dit : « Elle ne peut pas t'avoir plaqué, hein ? »

Dominic avait répliqué d'un haussement de sourcils agacé, avant de se retrouver face à l'évidence : elle *l'avait* plaqué. Ensuite Douglas, l'air furieux, avait fait signe à Rhys de venir le rejoindre.

« Elle ne se sent peut-être pas bien, avait murmuré Rhys avant de s'éloigner. Elle a peut-être le trac… »

Quand il était revenu quelques minutes plus tard, il n'avait pu expliquer à Dominic ce qui s'était passé.

— Elle était partie, dit-il à Sierra d'un ton neutre. En pleine nuit.

— Oh ! Dominic, murmura-t-elle. Mon chéri…

Puis elle se redressa et s'allongea sur lui, comme pour le protéger de la souffrance, des souvenirs, de l'humiliation ressentie quand il avait dû annoncer aux invités qu'il n'y aurait pas de mariage.

La chaleur du corps de Sierra lui fit du bien. Elle effaça douze années de chagrin.

Ce n'était pas le fait d'avoir perdu Carin, qui avait été douloureux, réalisa-t-il soudain. C'était l'impression de ne pas être digne d'être aimé.

— Oh ! mon amour, chuchota Sierra.

Refermant les bras sur elle, Dominic la serra contre lui. Lui aussi, il l'aimait. Plus que tout au monde.

— Oui, murmura-t-il.

Il avait la gorge tellement nouée que ce fut le seul mot qu'il put prononcer.

# 10.

Ils furent réveillés par la sonnerie du téléphone portable de Dominic.

— Mince, j'ai oublié de l'éteindre ! grommela-t-il en tendant la main vers l'appareil resté sur la table de nuit.

Une minute plus tard, il se redressait vivement et se passait la main dans les cheveux.

— Tu en es sûr ? Mais c'est impossible ! Non, tu as raison, ce n'est *pas* impossible. OK. J'explique tout à Sierra et je te rappelle.

Après avoir reposé son téléphone, il se tourna vers elle d'un air penaud.

— Je croyais avoir pris toutes les précautions pour être tranquille mais Sorensen, une entreprise danoise, est tout à coup sur le marché, alors que nous essayons de la racheter depuis deux ans. Mon père pense qu'ils négocieront en priorité avec nous, mais ils veulent parler au grand patron.

— Donc toi, traduisit Sierra.

Il hocha la tête avec réticence.

— Eh bien, prends contact avec eux, dit-elle en roulant sur le dos. Nous ne sommes pas obligés de passer tout notre temps ensemble !

— Mais je *désire* être avec toi ! Rester au lit et…

— Eh non… Si tu veux Sorensen, tu ne peux pas ! D'autant plus qu'au Danemark il est déjà…

Elle tourna les yeux vers le réveil.

— … 17 heures. La journée de travail est quasi terminée, là-bas.

— Cela ne te dérange vraiment pas ?

— Pas du tout ! Je vais en profiter pour aller acheter un souvenir ou deux. Et… Je t'aime, acheva-t-elle en souriant.

Lui rendant son sourire, il lui déposa un baiser furtif sur les lèvres, puis reprit son téléphone.

Sierra prit une douche, mangea un yoghourt et une banane, puis but une tasse de thé. Entendant Dominic parler dans le salon, elle lui en servit une tasse et alla la déposer à côté de lui sur la table basse.

— Je vais faire un tour, chuchota-t-elle. À tout à l'heure !

Il hocha la tête en lui adressant un clin d'œil, en même temps qu'il inscrivait des chiffres sur une feuille de papier.

Le laissant à ses affaires, Sierra alla enfiler un T-shirt par-dessus son maillot de bain, un short, mit son chapeau en toile pour se protéger du soleil, puis quitta la villa avant de se diriger vers la plage.

« Il faudra inviter Pam et Frankie à venir ici avec nous », avait proposé Dominic la veille. Sierra avait acquiescé en souriant, heureuse qu'il ait adopté ses amis.

Alors qu'elle s'avançait sur la plage, trois enfants — une fille et deux garçons d'une dizaine d'années — jouant un peu plus loin se retournèrent pour la dévisager.

— Vous êtes une sirène ? demanda la fillette en fixant les cheveux de Sierra qui ondulaient sur ses épaules.

— Seulement une demie, répondit-elle en souriant. Juste le haut. Regarde…

Elle fit un petit bond sur place.

— Pas de queue…

Ils éclatèrent tous les quatre de rire, puis les enfants reprirent leur sérieux, l'air un peu intimidé.

— Vous pourriez peut-être m'aider ? demanda Sierra pour

les mettre à l'aise. J'aimerais acheter quelques souvenirs. Vous avez des idées ?

— Un T-shirt, répondit aussitôt l'un des garçons.

Les deux autres levèrent les yeux au ciel.

— Tout le monde rapporte des T-shirts, Marcus ! s'exclama son compagnon.

— T'as une meilleure idée ? répliqua le prénommé Marcus.

— Oui. Acheter un poisson empaillé. Je vais pêcher avec mon grand-père — il vous en fera un.

Sierra sourit.

— La prochaine fois, peut-être. Mais…

— Vous pourriez acheter une peinture de ma mère, l'interrompit la fillette.

— Ta mère est peintre ? demanda Sierra.

— Oui, et elle fait de très beaux tableaux. Vous voulez venir voir ? Elle a un atelier boutique.

— D'accord !

Préférant se diriger vers le port, les garçons les quittèrent, tandis qu'elles s'avançaient toutes les deux vers la petite ville. Sierra apprit que la fillette s'appelait Lacey, qu'elle avait onze ans et était née sur l'île. Et qu'elle peignait aussi. Un jour, elle serait célèbre et irait exposer ses œuvres à New York, ajouta-t-elle.

— Tu es déjà allée là-bas ?

Comme la fillette secouait la tête, ses longues nattes brunes se balancèrent. Et soudain, une impression étrange traversa Sierra. L'enfant ressemblait à quelqu'un…

— Non, mais ma mère, oui.

Lacey s'arrêta au bas d'un escalier de pierre et se tourna vers elle.

— C'est ici.

Puis elle gravit les marches qui conduisaient à une petite maison aux murs peints en bleu et aux volets blancs. De chaque côté de la porte, des toiles représentant des paysages locaux étaient exposées sur des chevalets. Les teintes en étaient vives, et la peinture vigoureuse mais pas naïve.

La mère de Lacey avait réussi à saisir et à rendre le charme et l'esprit de Pelican Cay, songea Sierra en se rapprochant de l'un des tableaux. C'était le souvenir idéal à ramener à New York.

— Venez, entrez ! s'exclama Lacey en ouvrant la porte. Maman ! Je t'ai trouvé une cliente !

L'intérieur de la petite boutique était aussi charmant que l'extérieur. Sur les murs en bois nu ressortaient d'autres paysages, tandis qu'au plafond un grand ventilateur rafraîchissait l'atmosphère.

Le rideau de bambou séparant la boutique de l'arrière de la maison s'écarta sur une femme qui s'avança en souriant.

— Il va vraiment falloir que tu apprennes à être un peu plus délicate, Lacey !

Âgée d'une petite trentaine d'années, la mère de la fillette était d'une beauté singulière et émouvante, avec de très longs cheveux châtains aux reflets couleur de miel, de hautes pommettes et un beau visage ovale.

— Bonjour, dit-elle en tendant la main à Sierra. Carin Campbell. Enchantée de vous rencontrer.

Le problème, avec le paradis, c'est que cela ne dure jamais. Mais bon, elle avait eu droit à sept jours de rêve, c'était déjà ça, et plus tard, elle se réjouirait peut-être d'avoir pu engranger autant de merveilleux souvenirs.

Hélas, en attendant, Sierra était loin de se réjouir. Par ailleurs, elle n'avait pas acheté de tableau. Et elle espérait avoir réussi à ne rien laisser transparaître du choc qui l'avait ébranlée en comprenant qu'elle se trouvait face à celle qui avait autrefois abandonné Dominic, le jour de leur mariage.

— Ne vous sentez surtout pas obligée ! avait dit celle-ci en souriant. Lacey me fait toujours de la publicité, mais cela ne veut pas dire que vous devez revenir acheter quelque chose.

Ne trouvant rien à répliquer, Sierra s'était contentée de lui rendre son sourire, avant de quitter la petite maison bleue.

C'était le soleil, qui lui donnait cette impression d'accablement et lui coupait les jambes, avait-elle tenté de se convaincre en s'avançant dans la rue. Mais en vain.

À présent, elle comprenait l'impression étrange ressentie un peu plus tôt. Lacey avait le visage ovale de sa mère — mais les cheveux bruns et les yeux bleus de Dominic.

Son mari avait une fille. Dont il ignorait l'existence.

— Vous vous sentez bien, mademoiselle ?

Sierra se tourna vers le vieil homme qui la regardait d'un air inquiet et réalisa qu'elle s'appuyait contre un muret.

— Oui, dit-elle d'une voix à peine audible en se redressant. Merci.

Et quand Dominic l'apprendrait, il voudrait assumer ses responsabilités paternelles. Il souhaiterait vivre avec son enfant, et la mère de celle-ci.

Elle se rappela la tristesse qui avait coloré sa voix quand il parlait de son amour perdu. Il avait donné son corps à Sierra, mais c'était à Carin qu'il avait offert son cœur.

Alors, quand il découvrirait qu'il lui avait fait un enfant…

À moins qu'il ne haïsse Carin de lui avoir caché l'existence de Lacey durant toutes ces années, songea-t-elle soudain. L'espace d'un instant, elle retrouva un peu d'espoir. Avant que la réalité ne reprenne ses droits. Même s'il en voulait à Carin, Dominic voudrait régulariser la situation, c'était évident. Et elle, Sierra, ne ferait que l'encombrer.

La mort dans l'âme, elle se dirigea vers la villa en essayant de rassembler son courage.

Quand elle arriva, Dominic était toujours au téléphone, mais dès qu'il la vit gravir les marches, il mit fin à l'appel pour venir à sa rencontre, un sourire aux lèvres.

Sierra prit une inspiration profonde, puis prononça les paroles qu'elle avait préparées en chemin.

— Je crois que nous devrions divorcer.

Abasourdi, incrédule, Dominic la dévisagea en silence. La douleur ressentie douze ans plus tôt n'était rien, comparée à celle qui lui labourait maintenant la poitrine. Car il *aimait* Sierra. Alors qu'autrefois il avait été seulement blessé dans son orgueil mâle.

— Pourquoi ? demanda-t-il d'une voix rauque en la prenant par les bras.

— Parce que…, commença-t-elle, les yeux brillants de larmes contenues. Parce qu'il y a des choses que tu ignores.

— De quoi parles-tu ? Pourquoi pleures-tu ?

Elle s'essuya les yeux à la hâte.

— Je ne pleure pas ! J'ai mal aux yeux à cause du soleil.

— De *quelles* choses parles-tu ? insista-t-il.

— Des choses que tu vas devoir régler, et qui vont tout changer, répondit-elle sans le regarder.

— Tu veux bien t'expliquer plus clairement ?

— Va au village. Il y a une petite maison bleue aux volets blancs, dans la rue du port. Un atelier boutique, tu trouveras facilement.

— Tu es restée trop longtemps au soleil ? demanda-t-il en voulant lui tâter le front.

Mais elle le repoussa.

— Non ! Je n'ai rien ! Laisse-moi et vas-y !

Comme il la regardait sans bouger, elle cria presque :

— Pour l'amour du ciel, vas-y ! Maintenant !

— OK. Mais tu viens avec moi.

— Non ! Je ne peux pas ! Je dois…

Comprenant ce qu'elle avait l'intention de faire, il la suivit tandis qu'elle se dirigeait vers leur chambre.

— Très bien, j'y vais, dit-il farouchement. Mais à condition que tu me promettes de rester ici. Tu ne peux pas partir, tu m'entends ? Je t'interdis de t'en aller avant mon retour !

— D'accord, murmura-t-elle. Je t'attends.

Cette attente représenta la pire épreuve de sa vie. Ce fut mille fois plus dur que l'épisode de la piscine avec Terry Graff.

Sierra se força à rester assise dans un fauteuil. Elle fit les cent pas, dans le salon, sur la véranda. Elle ne voulait pas être là au moment où Dominic reviendrait. Elle ne voulait pas se forcer à faire bonne figure quand il reconnaîtrait d'un air grave qu'elle avait raison, que le divorce était la seule solution.

Finalement, quand elle ne put plus supporter d'attendre, seule dans son coin, elle prit son téléphone et appela Pam. S'intéresser aux autres lui ferait du bien. En outre, elle avait sincèrement envie d'avoir des nouvelles de Frankie.

— Comment l'as-tu appris ? demanda aussitôt son amie d'un ton stupéfait.

— Appris quoi ?

— Ils ont retrouvé Dan !

Le père de Frankie, que Pam n'avait pas vu depuis des années.

— Il a accepté de faire les tests et il est compatible ! Il est là, nous sommes à l'hôpital — ils vont opérer Frankie dans une heure !

Sierra se laissa tomber dans le fauteuil le plus proche.

— Ils ont retrouvé Dan ! répéta-t-elle dans un souffle.

*Décidément, les pères disparus semblaient réapparaître comme par enchantement, ces temps-ci…*

— Oui, c'est une longue histoire, dit Pam. Je n'arrive pas encore à y croire ! Mais c'est bien réel : il est revenu dès l'instant où il a appris la situation. Il a changé, Sierra. Mûri. Je ne crois pas aux contes de fées, tu le sais, il ne va pas rester avec nous, mais au moins, Frankie sait qu'il a un père et qu'il compte pour lui. C'est formidable, tu ne crois pas ?

— Mais si, bien sûr. C'est même… merveilleux.

Mon Dieu, elle allait fondre en larmes…

— Qui te l'a dit ? demanda de nouveau Pam. Dominic ? Cela ne me surprendrait pas, il est tellement incroyable !

— Non, répondit Sierra. Je ne savais rien du tout. Je t'appelais juste pour avoir des nouvelles.

— Eh bien, tu as bien fait ! Et toi, ça va ? Comment se passe cette lune de miel ?

— Tout va très bien, ne t'inquiète pas.

Plus tard, Pam lui pardonnerait ce mensonge, elle n'en doutait pas un instant.

— Embrasse Frankie très fort pour moi, et dis-lui que je pense à lui, poursuivit Sierra. Et qu'on se reverra bientôt.

— Je le lui dirai, promit son amie. Moi aussi, je t'embrasse. Et merci. Sans toi, et sans Dominic, rien de tout cela n'aurait été possible.

Elle avait à peine reposé son mobile qu'elle entendit quelqu'un gravir les marches d'un pas rapide, puis Dominic apparut.

Souriant. L'air si heureux…

Une tristesse insondable envahit Sierra. Elle aurait dû se réjouir pour lui, mais pour l'instant, elle s'en sentait totalement incapable.

— Sierra ! lança-t-il gaiement.

Comme elle se détournait, il répéta d'un ton surpris :

— Sierra ?

Alors qu'il lui posait la main sur le bras, elle dut faire un effort surhumain pour ne pas le repousser.

— Merci, dit-il, d'une voix douce et grave.

— Je t'en prie, murmura-t-elle, toujours sans le regarder.

Le silence s'installa entre eux. Dominic lui tenait toujours le bras, tandis qu'elle avait l'impression que son cœur se brisait en mille morceaux.

— Mais je ne comprends pas pourquoi tu veux divorcer ? reprit-il d'un ton légèrement crispé.

— Tu ne comprends pas ? explosa-t-elle en se tournant vivement vers lui. Comment peux-tu ne pas comprendre ? C'est Carin ! *Ta* Carin ! La femme que tu as aimée, que tu aimes peut-être encore ! Et il y a Lacey ! Qui est… Qui est…

— La fille de mon frère.

— *Pardon* ?

Il hocha la tête.

— Oui. Lacey est la fille de Nathan.

Sierra se laissa de nouveau tomber dans un fauteuil. Les émotions qui se bousculaient en elle étaient si intenses qu'elle en avait le vertige.

— Je ne comprends pas, murmura-t-elle.

— Moi si. Je comprends tout, maintenant.

S'asseyant à côté d'elle, il lui passa le bras autour des épaules pour la serrer contre lui.

— Alors, explique-moi.

— Je me demande comment je n'ai pas compris il y a douze ans, commença-t-il lentement. Je t'ai raconté dans quelles circonstances j'avais rencontré Carin, que c'était Douglas qui me l'avait présentée, tu te souviens ? Il m'a conseillé de me marier, mais de son côté, son père lui a dit carrément qu'il avait trouvé l'homme qu'elle devait épouser. Et elle, en fille respectueuse et obéissante — en plus d'être très jeune et totalement inexpérimentée —, elle a accepté.

— Elle ne… t'aimait pas ?

— Elle m'aimait bien. De la même façon que je l'aimais bien. J'ai *cru* être amoureux d'elle. Tout simplement parce qu'à l'époque je ne savais rien de l'amour, dit-il en lui prenant la main. Et Carin non plus. Jusqu'au moment où elle est venue ici, trois semaines avant notre mariage. Nathan était déjà là, il ne savait pas qu'elle devait venir. Il ne la connaissait même pas ! Mais ce qui leur est arrivé… ressemble *beaucoup* à ce qui s'est passé entre toi et moi.

— Ils ont été aussitôt attirés l'un par l'autre ?

— Et ont gardé leurs distances. Carin allait m'épouser, alors elle a dit à Nathan de la laisser tranquille, mais la nuit précédant mon arrivée, ils se sont retrouvés coincés quelque part ensemble à cause d'un violent orage et… tu peux imaginer la suite…

— Ça alors…, murmura Sierra, n'en croyant pas ses oreilles.

— Et dès que l'orage s'est calmé, Nathan a repris ses esprits et réalisé qu'il avait commis l'irréparable en faisant l'amour avec ma fiancée. C'est pour cela qu'il a appelé Rhys et lui a demandé de le remplacer comme témoin. Il ignorait ce que Carin ferait de son côté. Je ne crois pas qu'elle l'ait su elle-même, jusqu'au départ de Nathan. Elle l'aimait. Moi, elle m'aimait bien. C'était très clair dans sa tête.

Dominic racontait tout cela avec calme, l'air soulagé.

— Pourquoi ne te l'a-t-elle pas dit, tout simplement ? Pourquoi s'est-elle enfuie ? demanda Sierra.

— Parce que le temps pressait, qu'elle était jeune et a paniqué. Son père s'attendait à ce qu'elle se marie avec moi le lendemain matin. Tout le monde s'y attendait. Et elle savait bien que si elle annonçait à son père qu'elle ne désirait plus m'épouser, il ferait pression sur elle pour la forcer à changer d'avis.

— Oui, mais elle aurait quand même pu t'en parler !

— Je ne lui en ai pas laissé l'opportunité. Je lui ai dit d'aller se coucher, de se reposer parce qu'elle ne dormirait pas beaucoup lors de notre nuit de noces.

Il secoua la tête en plissant le front.

— Quel imbécile ! Quelle arrogance !

— Non ! Toi aussi, tu étais jeune. Où est-elle allée ?

— Chez Estelle et Maurice.

Sierra le dévisagea en écarquillant les yeux.

— Ils l'ont cachée ?

— Disons qu'ils l'ont aidée à se faire oublier, répondit-il

avec un petit sourire en coin. Mon père et le sien remuaient ciel et terre pour la retrouver, enquêtant côté ferries, avions et bateaux, mais personne ne se souvenait d'avoir vu Carin. Pas étonnant : elle n'était jamais partie.

Il sourit franchement.

— Et elle est restée ici depuis. Au fil du temps, elle a réussi à s'acheter une petite maison grâce à la vente de ses tableaux et s'est bien débrouillée, il faut le reconnaître. Sans qu'aucun de nous ne le sache. Jusqu'à aujourd'hui.

Ils restèrent silencieux un long moment à contempler le jardin et à écouter le murmure lointain des vagues.

— J'ai cru que Lacey était ta fille, murmura soudain Sierra. Quand j'ai fait la connaissance de Carin, j'ai…

— Je n'ai jamais couché avec Carin, l'interrompit-il doucement. Et je n'ai jamais été amoureux d'elle. Je n'ai jamais aimé qu'une seule femme…

Un sourire malicieux ourla sa belle bouche.

— … En plus de ma mère, bien sûr.

Il lui prit le menton pour tourner son visage vers le sien.

— Et cette femme, c'est toi, continua-t-il en la regardant dans les yeux.

Il *l'aimait.* Il l'avait dit. Sierra le lisait dans son regard.

Lui passant les bras autour du cou, elle l'embrassa avec tout son amour.

— Moi aussi je t'aime, répéta-t-elle contre ses lèvres. Et je t'aimerai toujours.

# Épilogue

Dominic s'avança sur la plage en regardant sa femme jouer dans l'eau avec Frankie et ses parents.

Trois mois après sa greffe, le jeune garçon se portait à merveille et s'épanouissait de jour en jour. Et pas seulement parce qu'il avait un nouveau rein. Il avait également un père, désormais.

Pam avait eu beau répéter qu'elle ne croyait pas aux contes de fées, elle avait fini par accepter d'épouser Dan, un mois plus tôt.

S'arrêtant un instant, Dominic songea tout à coup à Rhys. À présent, il comprenait que son frère ait été terrifié à la perspective d'aimer à nouveau, après avoir perdu Sarah. Aimer fait peur. En aimant, on prend forcément un risque.

Grâce à Mariah, pour Mariah, Rhys avait pris ce risque. De la même façon que lui-même l'avait pris grâce et pour Sierra. Et il ne le regrettait pas un seul jour, pas une seconde.

Ces mois passés avec elle depuis leur mariage avaient été les plus heureux de sa vie. Sierra apportait de la joie à chacune de ses journées, à chacune de ses nuits.

Carin réussirait-elle à transformer la vie de Nathan un jour ? Lorsque celui-ci se serait débarrassé de sa culpabilité ?

— En fait, tu m'as rendu service, avait dit Dominic à son jeune frère, à leur retour de lune de miel.

Nathan, sur le point de repartir, l'avait regardé d'un air choqué en apprenant que Carin vivait à Pelican Cay.

Après lui avoir rapporté ce qu'elle lui avait expliqué, Dominic avait ajouté :

— Je ne t'en veux pas, Nathan. Nous ne nous aimions pas, Carin et moi. Nous étions de bons amis, c'est tout.

— Mais, je t'ai *trahi* ! avait protesté son frère.

— Je reconnais que cela n'a pas été une partie de plaisir pour moi, avait admis Dominic. Mais tout cela appartient au passé, dorénavant. Cela n'a plus aucune importance.

Nathan n'avait pas semblé d'accord. De toute évidence, il avait encore du chemin à faire pour assumer son propre passé. Mais lorsque Dominic avait fait allusion à Lacey, en précisant innocemment qu'elle avait onze ans, il l'avait interrompu en plissant les yeux :

— Qui est Lacey ?

— Ça, mon vieux, c'est à toi de le découvrir ! avait-il répliqué avec un sourire mystérieux.

Son frère était parti le lendemain comme prévu. Pour Tahiti, avait-il dit. Ensuite, il devait gagner la Laponie.

— Fuis aussi longtemps que tu en ressentiras le besoin, lui avait dit Dominic en le conduisant à l'aéroport. Mais fais attention à ne pas rater le meilleur de ta vie.

Comme cela avait failli être son cas à lui.

Revenant au présent, il se rendit compte que Sierra l'avait aperçu et lui adressait de grands signes joyeux. Profitant de son inattention, Frankie l'éclaboussa en riant. Sierra le prit aussitôt par les épaules et lui fit boire la tasse.

Le jeune garçon émergea en crachotant lorsque Dominic arriva au bord de l'eau. Au même instant, Dan proposa à son fils de faire du surf.

— Tu viens avec nous ? demanda Frankie à Sierra.

À la grande surprise de Dominic, sa femme secoua la tête.

— Je crois que je vais plutôt aller faire une petite sieste, dit-elle en s'avançant vers lui.

Avant de s'arrêter et de s'ébrouer en souriant d'un air taquin.

— On cherche les ennuis, ma belle ?

Elle éclata de rire et se pressa contre lui, sans se soucier de mouiller sa chemise.

— Non seulement tu t'en fiches, mais tu adores ça !

Dominic la repoussa doucement pour lui déposer un baiser sur le bout du nez.

— Exact.

— Tu as bien travaillé ? demanda-t-elle en lui desserrant sa cravate.

— Je te rappelle que nous sommes dans un lieu public…

— En effet, acquiesça-t-elle avec un sourire malicieux. Au fait, j'ai bien travaillé moi aussi.

Quand elle lui prit la main pour la poser sur son ventre, Dominic sentit le souffle lui manquer.

— Tu veux dire que tu es…

— Apparemment, nous avons bien travaillé tous les deux, mon chéri. Et nous en verrons le fruit dans six mois.

L'espace d'un instant, tout vacilla autour de lui.

*Il n'allait tout de même pas s'évanouir, bon sang…*

— Tout ira bien, poursuivit-elle. Ensemble, nous sommes capables de faire des merveilles, non ?

Alors qu'elle lui adressait un sourire empli d'amour et de tendresse, il la serra contre lui, le cœur battant à tout rompre.

— Non, des *miracles,* corrigea-t-il avant de l'embrasser.

Retrouvez prochainement,
dans votre collection

# AZUR

**Les vœux d'Alexandros, de Clare Connelly - N°4587**

« Épouse-moi, Alex. » C'est avec une audace insoupçonnée que Tessa propose un mariage d'affaires à Alexandros Zacharidis. Si quatre ans plus tôt cet homme l'a brutalement chassée de sa vie après leur nuit de passion, il est aujourd'hui le seul à pouvoir sauver sa réputation. Qu'importe si ce nabab est incapable d'aimer, leur union platonique restera sans danger. Du moins Tessa le croit-elle avant qu'Alexandros exige qu'elle partage ses nuits et lui donne un héritier !

**Pacte avec un époux, de Jadesola James - N°4588**

Entre Tobilola, princesse de Gbale, et Akil, héritier de Djoboro, les choses sont parfaitement claires. Le mariage arrangé conclu entre leurs deux puissantes familles est le moyen qu'ils attendaient pour être libres ! Un pacte secret les lie davantage que cette alliance d'un autre âge : dans un an, tous deux divorceront. Si Tobi se réjouit d'abord de cette situation, elle est brusquement confrontée à un obstacle inattendu. Son tout nouvel époux l'attire dangereusement – au point qu'elle enfreint la règle qu'elle s'était fixée de ne pas tomber amoureuse de lui…

**Détestable séduction, de Millie Adams - N°4589**

Désirer l'homme qu'on déteste : cette étrange sensation, Olive ne la connaît que trop bien ! Chaque fois qu'elle est en présence de Gunnar Magnusson, c'est la même chose, elle hésite entre lui tordre le cou et l'embrasser. Jusqu'au jour où, emportée par la passion, Olive se retrouve dans le lit de son rival en affaires. Une folie dont elle mesure toutes les conséquences lorsqu'elle se découvre enceinte…

**L'amant d'un bal, de Bella Mason - N°4590**

Ce soir-là, à Melbourne, un somptueux bal masqué est donné. Et pour la timide Emma, qui n'a pas l'habitude des mondanités, c'est un moment féerique ! Alors, quand elle heurte par mégarde un sublime inconnu aux yeux bleus, la magie opère de plus belle. Son cœur s'emballe, ses sens s'éveillent… Le coup de foudre la conduit même à passer la nuit entre les bras de cet homme mystérieux ! Or, dès le lendemain, Emma déchante. Son amant, Alexander Hastings, est un impitoyable homme d'affaires et non pas le prince charmant qu'elle avait imaginé…

**Liaison en Écosse, de Cathy Williams - N°4591**

Celia dessine des robes de mariée, pièces maîtresses des contes de fées. Hélas, sa dernière création vient d'être abandonnée par une fiancée en fuite. Alors qu'elle se résout à ranger la précieuse étoffe, le futur époux éconduit se présente dans son atelier. Loin d'être anéanti par la désertion de sa promise mais contrarié que ses plans soient perturbés, Leandro exige que Celia l'accompagne à sa place en Écosse. Une escapade aussi imprévue que la passion qui flambe soudain entre eux…

**Mystérieuses retrouvailles, de Rachael Stewart - N°4592**

Felicity est sous le choc. Revoir Sebastian dans la petite ville où ils ont grandi, chez elle, lui fait l'effet d'un mirage. Seize ans plus tôt, il l'a quittée sans laisser d'adresse, sans lui permettre de le retrouver. Que lui dire aujourd'hui, alors que le temps a creusé un tel fossé entre eux ? Tandis qu'il parcourait le monde sans songer à elle, Felicity chérissait le souvenir de leur idylle à travers leur enfant. Une fille prénommée Angel, dont Sebastian ignore encore l'existence…

**Baiser à un Grec, d'Abby Green - N°4593**

Un baiser. C'est tout ce que l'innocente Sofie a l'intention de voler au magnifique inconnu endormi dans la chambre d'hôpital où elle travaille. Depuis qu'il a été retrouvé au cœur de la montagne de Gallinvach, il est demeuré inconscient. Seulement voilà, à peine a-t-elle frôlé ses lèvres chaudes et fermes qu'il ouvre les yeux. Ce miracle trouble Sofie au plus haut point. Se pourrait-il que cet homme dont elle ne connaît pas même le nom lui soit destiné ?

**Ce lien irrésistible, de Lucy King - N°4594**

SÉRIE : *LES FILS PERDUS D'ARGENTINE* - 1/3

Finn est abasourdi. Lui qui a toujours tout contrôlé vient de découvrir qu'il a été adopté. Et il n'est pas au bout de ses surprises, hélas ! Georgie, la sublime avocate avec qui il a connu une brève aventure, est de retour dans sa vie avec une révélation de taille. Leur unique nuit de passion les a liés à jamais : tous deux sont désormais parents !

**La souveraine déchue, de Caitlin Crews - N°4595**

SÉRIE : *ROYALEMENT SCANDALEUSE* - 2/2

Amalia est encore sous le choc : elle n'est pas la princesse héritière d'Île d'Montagne comme le monde entier le croyait. Alors qu'elle se prépare depuis l'enfance à une vie de devoir, la voilà soudain dans la peau d'une femme ordinaire. Que faire quand on est libre ? Pour trouver une réponse à cette question existentielle, elle s'envole pour Cap Morat, en Espagne. Un paradis chargé du souvenir de la liaison brûlante qu'elle a entretenue avec le ténébreux Joaquin Vargas…

**Le secret du Cambodge, de Maisey Yates - N°4596**

Le trou noir. Quand elle se réveille après un grave accident, Riot a tout oublié de l'année écoulée. Tout, y compris Kravann Valenti, l'homme à son chevet, qui déclare être son fiancé et le père de son bébé ! Tous deux se seraient rencontrés au Cambodge et, après une fabuleuse liaison, ne se seraient plus quittés. Alors qu'elle n'a aucune raison de douter des paroles de Krav, Riot ne peut se défaire de l'étrange impression d'être flouée… Jusqu'à ce que la vérité éclate…

**La fiancée oubliée, de Natalie Anderson - N°4597**

Comment Tomas Gallo a-t-il pu l'oublier ? En apprenant que l'arrogant milliardaire a été victime d'un accident de la route et se retrouve désormais amnésique, Zara sent une tristesse inattendue l'envahir. Certes, Tomas et elle n'ont été mariés que vingt-quatre heures – un pur mariage de convenance ayant pour seul but de libérer Zara des griffes de son oncle –, mais les sensations qu'elle a connues entre ses bras sont encore vivaces en elle. Et savoir qu'il ne se rappelle rien la trouble plus que de raison. Aussitôt, une idée folle naît dans son esprit. Et si, en passant une dernière nuit avec Tomas, elle réveillait en lui la mémoire des sens ? Celle qui grave à jamais le souvenir d'une peau, d'un toucher, d'un regard…